Bibliografische Information der Deutschen Nationalbibliothek: Die Deutsche Nationalbibliothek verzeichnet diese Publikation in der Deutschen Nationalbibliografie; detaillierte bibliografische Daten sind im Internet über http://dnb.d-nb.de abrufbar.

Besuchen Sie uns auf: www.UlrichBurgerVerlag.de

ISBN: 978-3-943378-04-7
1. Auflage 10/2012

Verlag: UlrichBurger-Verlag, Homburg/Saar
Covergestaltung: Thomas Orgel (www.sg-12.de)
Redaktion: Gero Corzilius
Korrektorat: Frank Bruné
Printed in Germany
Homepage Verlag: www.UlrichBurgerVerlag.de

Vorwort

Es gibt eine kaum zählbare Menge an Geschichten, die sich um eine ungewöhnliche Liebe drehen. Sie erzählen uns von Menschen und Göttern, von Elben und Feen, von Sphinxen, Vampiren und anderen Wesen. Sie erzählen uns von der Liebe für die Ewigkeit, von der Liebe auf den ersten Blick, von der Liebe, für die man kämpfen muss. Sie erzählen uns von Verrat, von Betrug, von Wut und Eifersucht. Sie erzählen uns von den romantischsten Dingen der Welt.

Doch letztlich erzählen sie uns vor allem von einer Sache: Der Suche nach dem Ort, an den man gehört. Dort, wo man zu Hause ist oder sein wird oder sich zumindest einmal so fühlt. Jenem Platz, den man ausfüllen kann, der einem ein Gefühl des Gebraucht-werdens und der Geborgenheit gibt.

Die Frage dahinter ist allerdings, warum sich Menschen diese Dinge erzählen?

Denn sind wir einmal ehrlich: Der Alltag der Liebe sieht oft ganz anders aus. Dort prallen Träume, Wünsche und Vorstellungen auf die von Zufall und Schicksal durchwobene Realität des Lebens. Dort wird geschrien und gestöhnt, gehasst und vergeben, geweint und gejubelt. Dort geht es darum, uns wieder aufzurichten und an unserem Glück zu arbeiten.

Warum erzählen wir uns also Geschichten von einer scheinbar so perfekten Liebe? Brauchen wir sie, um unser Bild aufrecht zu erhalten? Und brauchen wir ein Bild von der Liebe, damit wir letztlich einen Grund, eine Daseinsberechtigung haben?

Über diese Dinge zu philosophieren ist möglicherweise ein endloser Akt. Doch dabei vergessen wir von Zeit zu Zeit, dass es nicht immer nur um den Sinn hinter allem geht.

Die Liebe hat etwas Göttliches. Sogar sehr viel davon.

Sie ist nicht beweisbar. Sie ist nicht rational. Sie ist nicht einfach, geht oft unbekannte Wege und kann schon gar nicht erzwungen werden. Niemand kann sie vollends beschreiben und die Zahl der Formen, die sie anzunehmen vermag, bleibt auf ewig ihr Geheimnis. „*Die Liebe hat etwas Göttliches*“ soll kein Plädoyer für (einen) Gott sein. Nein, dieser Satz dient mir lediglich dazu, mir immer wieder vor Augen zu halten, wie wenig selbstverständlich die Liebe doch ist.

Viel selbstverständlicher ist es, dass wir uns Geschichten davon erzählen. Und genauso wenig, wie die Liebe beweisbar oder rational ist, müssen es die Geschichten sein, die sich um sie ranken.

Wer mir also vorwerfen mag, die nachfolgende Geschichte sei frei erfunden, dem lasse ich diese Meinung gern.

Ich behaupte für mich hingegen, dass die hier erzählte Geschichte wahr ist. Denn Wahrheit steckt in vielen Dingen, von denen man es niemals vermuten würde.

Die Möglichkeit, diese Geschichte überhaupt erzählen zu können, entspringt dem Zufall, der sich so oft auch Schicksal nennt:

Auf einem Fußweg durch das herbstliche Münster kam mir die erste Idee. Doch als ich die Gedanken daran vertiefte, stellte ich bald fest, dass es hier mit einer einfachen Kurzgeschichte nicht getan wäre. Für einen dicken Roman hingegen reichte es auch nicht.

So blieb sie erst einmal liegen, bis ich auf der Leipziger Buchmesse im Frühjahr 2011 Uli Burger kennenlernte, der mir sein Konzept für eine Reihe von phantastischen Novellen näher brachte. Ich sagte sofort zu. Das war genau der Rahmen, den „Der Herr der Laternen“ brauchte. Und ich hoffe, meine nachfolgenden Kollegen fühlen sich im Rahmen einer Novelle ebenso wohl wie ich.

Mein Dank gilt also Uli Burger, der sich von mir ein Dreivierteljahr hinhalten ließ, in dem ich mich die allermeiste Zeit leider mehr mit meinem Examen als mit der Novelle beschäftigen musste.

Er gilt Julia Abrahams, die sich als kurz entschlossene und schnelle Ratgeberin in Vertragsfragen hervortat. Er gilt Tom Orgel, der mich in den Prozess der Covergestaltung einbezog. Er gilt Julie und Fabienne, die als Testleserinnen herhielten. Er gilt Gero für eine Nachtschicht zwecks Textredaktion. Er gilt den vielen Musikern, deren Musik ich hier erwähne und die diese Geschichte auf ihre Weise geformt haben. Er gilt Zack Braff (sollte er jemals davon erfahren) für einen der schönsten Filme der Welt. Und er gilt natürlich Anne, die mir immer wieder erneut beweist, dass Liebe jede Sekunde wert ist – und dass man sie in vollen Zügen einatmen sollte, wie die Luft nach einem Regenguss an einem heißen Sommertag.

Aber bevor ich nun noch mehr philosophiere und danke, beginne ich lieber mit dem Erzählen selbst.

Und am besten starte ich an jenem Ort, an dem aus einem Zufall Schicksal gesponnen wurde ...

Der Garten

Immer wenn Eve diesen Ort betrat, schien die Welt einen Sprung zu machen. Nein, ein Sprung war vielleicht das falsche Wort. Aber etwas in ihrer Wahrnehmung verschob sich merklich. Die Temperatur war es nicht, auch nicht der Luftdruck. Es wurde nicht stickiger und das Atmen fiel ihr ebenfalls nicht schwerer als zuvor. Aber irgendetwas war immer anders.

Nun gut, immerhin war dieser Ort an sich auch anders. Anders als alles, was Eve bisher gesehen hatte. Anders als jeder andere Ort, den sie hatte betreten dürfen. Und sie hatte viele Orte betreten dürfen, das stand außer Frage. Viel mehr als den meisten Menschen trotz viel zu langer Leben zugestanden wurde.

Das Andere war für sie schon von jeher faszinierend gewesen. Sie blickte sich um. Natürlich war die schwere Eichentür, durch die sie getreten war, hinter ihr wieder verschwunden. Wie hätte es auch anders sein können.

Sie tat einen tiefen Atemzug, ließ die kühle, von schillernden Nebelschwaden durchsetzte Luft der Nacht auf sich wirken. Äonen waren dieser Luft entsprungen und sie war derart gehaltvoll, dass sie im wahrsten Sinne des Wortes selbst die Sterne zu atmen vermochten. Pures Leben verhieß jeder Hauch von ihr.

Eve strich sich ihre wallenden goldblonden Locken aus der Stirn und blickte auf das, was sich vor ihr aufgetan hatte.

Ein nächtlicher Garten. Das Zirpen von Myriaden drang an ihre Ohren und die Nebel wisperten ihr Geheimnisse von Leben und Sterben zu. Verheißungsvoll, verführerisch und erschreckend zugleich.

Eine Handvoll ausufernder Bäume wuchs in der Mitte des Gartens. Lebenseichen von großer Höhe zwar, aber noch um ein Vielfaches ausladender in ihrer Breite. Oberschenkeldicke Äste mäanderten durch den Garten wie viel zu lange Schlangen und ließen ihr dichtes Blattwerk in der kleinsten Luftbewegung rascheln. Es war ein Irrgarten, den die fünf Bäume hier bildeten, ein verwirrender Hain in dem die Geräusche der Nacht die schönsten Bilder heraufbeschworen hätten – wäre das, was einem vor Augen stand, selbst nicht schon Bild genug gewesen. Denn der Hain glühte unter einem Firmament, das viele schon aufgrund seiner schieren Pracht und Vielfalt erschlagen hätte.

Doch der Hain machte ihm erhabene Konkurrenz. In jeder Astgabel hing eine Laterne mit einem Lichtlein darin. Große, prächtige waren ebenso dabei wie viele winzig kleine. Über und über waren die Bäume mit ihnen behängt. Tausende, Millionen - ein Meer aus Blättern und strahlenden Lichtern hob sich von der Nacht ab.

Kleine Kometen, so groß wie Kinderfäuste, sausten vergnügt über das Gras und spielten mit den Spitzen der Halme. Auch in den Hain fegten sie übermütig hinein und ebenso überdreht wieder hinaus. Sie waren fröhliche Geschöpfe – und sie waren vielleicht die Einzigen, die diesem Ort die Ehrfurcht verweigerten, die er automatisch in vielen heraufbeschwor.

Dieser Ort war ganz nah am Herzen der Welt gelegen. Dort, wohin nur die Wenigsten Zutritt hatten. Und auch Eve wurde der Zutritt lediglich gewährt. Und immer auch nur für eine kurze Dauer.

Langsam schritt sie voran auf den Hain zu. Ihre nackten Füße wischten im Vorbeigehen den Tau von den Gräsern, die sie berührten. Doch er war nicht kalt. Und auch die Luft wurde wärmer und wärmer, während sie sich den Bäumen näherte. Sie duckte sich unter einem ersten Ast hindurch, unter einem zweiten, stieg behutsam über einen dritten, der am Boden entlang wuchs und tauchte immer tiefer ein in dieses Labyrinth aus unwirklichem Licht.

Sie wusste, dass sie nicht lange würde suchen müssen. Nein, sie würde gar nicht suchen müssen, nur einfach vor sich hinwandeln, denn sie würde gefunden werden.

Die Äste um sie herum hatten sich zu den wirrsten Gebilden geformt. Türme und Hecken, sowie ganze Straßen voller Lichter wuchsen durch den Hain. Eve ließ sich treiben von ihren Gefühlen, bog hier ab oder dort, erklomm einen Ast, wenn sie es für richtig hielt und nahm einen anderen Weg, wenn die Äste ihr den Zutritt verwehrten.

Und schließlich wurde sie gefunden.

„Hallo, Eve“, sagte der Mann im Anzug. Es war ein schöner, maßgeschneiderter Anzug, aus einem Stoff, der wie die Nacht war. Dunkel, aber von kaum zu bestimmender Farbe.

„Hallo“, antwortete Eve höflich, ein wenig zögerlich.

Der Mann im Anzug war ihr nie besonders geheuer gewesen. Nicht bei ihren wenigen vorherigen Treffen und auch nicht dieses Mal. Etwas ging von ihm aus und Eve wusste nicht, was es war. Er schien so sehr zu diesem Ort zu gehören, wie nichts sonst – und zugleich schien er hier noch fremder zu sein, als Eve es war.

Wie Eve selbst, ging auch er barfuß. Er hielt eine Laterne mit einer flackernden roten Flamme in der einen und einen knorrigen Stab in der anderen Hand. Seine

Augen blitzten und sein Gesicht wurde gerahmt von einem ausufernden weißen Vollbart.

„Es ist eine schöne Nacht“, meinte der Mann im Anzug. Er war der Herr der Laternen – so hatte er sich Eve bei ihrem ersten Treffen vorgestellt. Auch wenn Eve nicht so recht wusste, was sie von diesem Titel halten sollte. Aber es war nun mal nicht an ihr, derartige Fragen zu stellen, geschweige denn sie in ihrem Innern überhaupt zuzulassen.

Sie pflichtete ihm also bei.

„Dieser ganze Ort hier ist wunderschön“, entgegnete sie, unsicher, ob Small Talk auf dieser Ebene der Natur angemessen war oder nicht.

„So war er auch gedacht“, bestätigte der Herr der Laternen ein wenig versonnen. Er ließ die Laterne mit der roten Flamme los, woraufhin sie lautlos durch die Luft glitt und sich an eine freie Astgabel hängte. „Hier, wo all die Lichter aufbewahrt werden, sollte es auch halbwegs annehmbar sein.“

„Was ist mit den Lichtern?“, wollte Eve wissen.

„Es sind Lichter. Mit all der Tiefe an Bedeutungen, die man in dieses Wort legen kann.“

Eve nickte, nicht recht wissend, ob sie richtig verstand.

„Bin ich wegen ihnen hier?“

Der Herr der Laternen schüttelte sachte den Kopf.

„Nein“, sagte er. „Nur wegen eines ganz bestimmten Lichtes.“

Das Reich der tausend Winkel

Der Staub, der auf all den Dingen hier lag, faszinierte ihn. Er faszinierte ihn beinahe genauso, wie all die Möbel und Gegenstände auf diesem Dachboden. Große Mengen dieses Staubes waren alt, uralt sogar. Er bedeckte alles hier, tauchte es in eine Schicht aus grauer Watte und aus einzelnen Körnchen gewebter Zeitalter. Er dimmte das Licht, das durch das Dachfenster fiel, ebenso wie er den Schall der Schritte dämpfte.

Malcolm atmete bedächtig, sah sich um, nahm alles hier mit gesteigerter Aufmerksamkeit war.

Er wusste weder von dem geheimnisvollen Garten, mit dem sich der Herr der Laternen umgab, noch wusste er von dem Herrn selbst. Zumindest noch nicht.

Doch der Tag, an dem die Geschichte der beiden anfangen sollte, dieselbe zu werden, begann mit Malcolms Ausflug auf den alten Dachboden.

Der Dachboden gehörte zum *Reich der tausend Winkel*, einem alten Haus in New Jersey. Genauer gesagt war es das Haus von Malcolms Großeltern gewesen. Nach deren Tod war es vor wenigen Jahren in den Besitz von Malcolms Eltern gefallen, die es hatten verkaufen wollen. Natürlich, warum auch nicht? Wer war in den letzten Jahren – so voll von Wirtschaftskrisen – nicht froh, wenn er irgendwo eine halbwegs angemessene Zahl von Dollars aus einem alten Haus herausschlagen konnte.

Letztlich hatten sie auch genau das getan. Es verkauft. Doch nicht an irgendjemanden, sondern an ihn, Malcolm Delaware, ihren ältesten Sohn. Zwar war er damit auf den Widerwillen seiner Eltern und seines Bruders gestoßen, doch schließlich hatte er ihnen ein so unverschämt großzügiges Angebot für Haus und Grundstück gemacht, dass sie es ihm nicht hatten ausschlagen können. Im Gegenteil: Nachdem er seinen Willen, das alte Haus zu erwerben, so unmissverständlich kundgetan hatte, versuchten seine Eltern ihrerseits wieder, ihn herunterzuhandeln – schließlich wollten sie ihrem Sohn auch kein in finanzieller Hinsicht bodenloses Fass andrehen. Doch Malcolm hatte abgelehnt und es genau zu dem Preis in seinen Besitz gebracht, mit dem er zuvor alle Mitbietenden vertrieben hatte. Geld hatte dabei eine recht untergeordnete Rolle gespielt.

Genauso wie Geld immer bloß eine untergeordnete Rolle in seinem Leben spielte. Was er brauchte, trieb er auf. Auf traditionelle oder auch höchst skurrile Weise.

Aber dieses Haus hatte er gewollt. Mehr als alles andere auf der Welt. Nichts, was Menschen je aus Materie erbaut oder erschaffen hatten, hatte ihn jemals so sehr in seinen Bann gezogen wie das *Reich der tausend Winkel*.

Ein Holzhaus. Von mittelmäßiger Größe, aber immer wieder hier und dort um ein Zimmer, einen Giebel, einen Erker erweitert. Und im Laufe der Jahre war es zu einem wahren Labyrinth aus Winkeln geworden. Grotesk bisweilen, doch stets fand sich hier oder dort ein Eckchen, von dem man meinte, es noch nie zuvor gesehen zu haben. Dann war es an der Zeit, dort ein Sitzkissen zu drapieren und es sich mit einer Kanne heißem Tee und einem guten Buch gutgehen zu lassen.

Dazu kam ein überwuchernder Garten. Kein Wunder hier im *Garden State*, in New Jersey. Grün und dicht, sehr heimelig und zu mancher Stunde auch ein wenig unheimlich streckte er seine Fühler stets nach den Nachbargrundstücken aus. Doch immer dann, wenn es von nachbarschaftlicher Seite kurz vor einer Beschwerde stand, war Malcolm mal wieder für ein freies Wochenende hier hinaus nach Warwick, New Jersey, gekommen und hatte dem wilden Wuchern vorübergehenden Einhalt geboten.

Dieses Haus - so still und unbedeutend inmitten einer Masse von Millionen oder gar Milliarden Häusern auf diesem Planeten - war dennoch ein Zentrum der Erinnerung und der Erholung für Malcolm. Es war sein Ruhepol. Jener Ort auf dieser Welt, der am weitesten entfernt von all den Sorgen lag, die das Leben einem bereiteten.

Und es war so voller Erinnerungen an seine Kindheit. Wie häufig war Malcolm hier zu Besuch gewesen, war mit seinem Großvater wandern gegangen oder hatte sich Geschichten erzählen lassen? Wie viele lange Stunden hatte er auf der Veranda in eine Decke eingeschlagen in den Farbensturm des Herbstes in Neu England geblickt, wie viele Nächte durch das Dachfenster, unter dem sein Bett gestanden hatte, den Sternenhimmel in seiner ganzen Pracht abseits der Großstadt bestaunt? Unendlich viele Brombeeren hatte er in diversen Spätsommern hier im wilden Garten gepflückt und mit seiner Großmutter zu Marmelade verarbeitet. Er hatte mit seinem Bruder hier Tage des Versteckspiels zubringen können – im verwinkelten Reich des Hauses, sowie im urigen Garten.

Die Erinnerungen, die dieses Haus, dieses *Reich der tausend Winkel,* barg, waren nahezu endlos. Sie spendeten Trost und Geborgenheit.

Malcolm atmete tief ein. Ja, der Staub ließ alles anders riechen. Alt und ehrfurchtgebietend. Hier oben auf dem Dachboden lag noch immer so vieles, das er nicht gesehen hatte, nicht kannte. Dinge, von denen er nie eine Ahnung gehabt hatte. Alte Briefe, Zeugnisse,

Urkunden. Orden und Abzeichen. Alte Haushaltsgeräte aus längst vergangenen Jahrzehnten. Schmuck, verblasste Kleider. Möbel, die vor vielen, vielen Jahren einmal modern gewesen sein mochten und es teilweise schon wieder waren. Geldmünzen aus fremden Ländern. Spielzeug aus Blech, Kisten voller Bilder und Fotografien. Bücher und Magazine. Bestecke und Accessoires. Schallplatten und Tonbänder ...

Ganze Leben lagen hier oben versteckt. Nicht bloß diejenigen seiner Großeltern, sondern auch diejenigen seiner Urgroßeltern, ihrer Freunde, die Kindheitserinnerungen seiner eigenen Eltern. Dinge, die nie jemandem aus der Familie gehört hatten. Besitztümer von Hauseigentümern aus vorherigen Jahrhunderten.

Es war eine Welt für sich.

Staub.

Überall lag Staub.

Malcolm schlenderte von den Holzstufen des Aufgangs hin zu einem alten Globus. Dabei ließ er zwei

Finger über eine lackierte Kommode gleiten und betrachtete die dicken grauen Flocken, die sich bildeten.

Er hatte seine helle Freude an diesen Kindereien. Die kleinen Dinge im Leben waren es, die es lebenswert machten. Das war das heimliche Motto, dem sich Malcolm Delawares Leben unterwarf.

Und es war genau diese Unterwerfung, die ihm kein Glück mit den Frauen gebracht hatte. Während sein jüngerer Bruder verheiratet an der Küste Connecticuts saß und vor gutem Bürgertum samt Sohn und Tochter nur so strotzte, warf er Malcolm ironischerweise genau dies an den Kopf: Malcolm sei nicht locker genug. Malcolm habe sich verrannt in den Gesellschaftskreisen, in denen er zu verkehren pflegte.

Alles Blödsinn.

Ja, eine Frau – die richtige Frau, wohlgemerkt – würde seinem Leben sicherlich nicht schaden. Ganz im Gegenteil. Es war vornehmlich ein wenig einsam.

Doch hatte er mit den Frauen nie Glück gehabt.

Er hatte sich so viele Träume erfüllen können – und die „Gesellschaftskreise“, von denen sein Bruder immer sprach, waren etwas, die das Geld mit sich brachte. Nicht automatisch, aber sehr wohl, wenn man sich für Dinge wie Filme und die Teilhabe daran interessierte.

Frauen waren immer nur kurz in sein Leben getreten. Und immer mit einem falschen Charakter gesegnet – oder verflucht – gewesen. Eben auch eines dieser Probleme, die Geld so mit sich brachte. Die Spannweite hatte sich dabei von *zu treuer Seele*, über *Miststück*, von *erschreckend dumm* bis hin zu *übermäßig kühl und berechnend* erstreckt. Sie waren alle nicht richtig gewesen. Keine hatte Malcolm wegen der Art und Weise gemocht, wie er nun einmal zu sein pflegte. Hatten sich manche von dem weltgewandten, zwar geordneten, aber irgendwie nicht uncoolen Mann angezogen gefühlt, war ihnen spätestens bei seiner Liebe für die kleinen Dinge alles wieder vergangen. Viele hatten auch einfach bloß sein Geld ausgeben wollen. Gut, warum auch nicht? Oft hatte er das eine

Weile mitgespielt, doch hatte er häufig genug die Essenz dahinter vermisst. Es war also wieder nichts geworden.

Mit einem leichten Seufzen näherte Malcolm sich dem Globus, ging in die Hocke und betrachtete ihn eingehend. Irgendwie war es sein liebstes Stück hier oben. Der Globus zog ihn beinahe magisch an, seit Kindesbeinen bereits. Er schien so elementar für diesen Raum, als könne er ohne ihn gar nicht existieren.

Malcolms Blick streifte Länder und Ozeane. Die ganze Welt war eine Kugel. Verrückt, wie einfach die Dinge doch sein konnten. Gelblich, die Farbe der vor vielen Jahren aufgebrachten Markierungen, längst verblassend. Und dennoch die ganze Welt.

Er genoss den letzten Nachmittag hier in der Stille New Jerseys, dachte an die vergangenen Tage. Kraft geschöpft hatte er hier im Gartenstaat. Zwischen Regen und Büchern, vielen CDs von *Death Cab for Cutie* und *Jimmy Eat World*, sowie rustikalem aber guten Essen auf der Veranda.

Die Welt schien soweit in Ordnung. Oder zumindest schien sie ihren normalen Gang zu gehen.

Die Bar

Zurück im Alltag verflog der Zauber des *Reiches der tausend Winkel* schnell wieder. Malcolm hatte sich daran gewöhnt, dass auf die Fülle der Geborgenheit in New Jersey immer eine Durststrecke folgte. Die ersten Male war es ihm sehr schwer gefallen. Doch im Laufe der Zeit hatte er es akzeptiert.

Manchmal fragte er sich, ob er nicht dauerhaft dort nach Warwick ziehen sollte und die Welt von diesem Zeitpunkt an nicht einfach an sich vorbeiziehen lassen sollte. Doch so betrachtet schien es ihm auch schon wieder ein wenig abwegig. Es war ihm zu selbstgerecht. Schließlich brauchte jeder Mensch eine Aufgabe, einen Sinn, für den es sich zu leben lohnte.

Und wenn es in diesem Leben schon keine Frau und keine Familie gab, für die Malcolm leben konnte, was sollte er dann am schönsten Ort der Welt? Allein?

Also tat er, was er am besten mit seinem Alltag anzufangen vermochte: Er verlieh ihm so etwas wie eine Sinnhaftigkeit. Er traf sich mit wichtigen und weniger wichtigen Leuten, tätigte dieses oder jenes Geschäft.

Dabei weigerte er sich hartnäckig, sich als eine Ameise von vielen im Staat zu sehen, die alle auf dasselbe Ziel hinarbeiteten.

Aber nüchtern würden die meisten Menschen Malcolms Tagwerk wohl auch nicht als alltäglich betrachten. Und auf diejenigen, die noch viel Genaueres darüber wussten, wirkte es stellenweise etwas ... unfair. Ja, ich denke *unfair* scheint das richtige Wort zu sein. Denn Malcolm war niemand, der besonders hart arbeitete. Viel erledigte sein Glück für ihn. Doch natürlich brauchte er kein schlechtes Gewissen bei dem zu haben, was er tat. Er betrachtete seinen Lebenswandel als Gnade und setzte sich entsprechend dafür ein, ihn möglichst sinnvoll zu nutzen.

Und am Abend? Was tat er, Malcolm, am Abend?

Nun, es gab da eine Reihe guter Fernsehserien. Mit verhältnismäßig großem Budget produziert und gut geschrieben. Es wurde immer schwieriger, weitere qualitativ überzeugende Serien zu finden, aber Malcolm war schnell aufgefallen, dass vor allem die frühen Fernsehjahre eine ganze Menge sehenswerter Einfälle geboten hatte. Selbstverständlich unter ganz anderen Vorzeichen, was die Mentalität anging. Damals wurden Schwarze flächendeckend diskriminiert. Frauen ebenfalls. Was die Welt und insbesondere Amerika über Beziehungen, Männer und Konventionen dachte, unterschied sich oft auf beinahe groteske Weise von dem, was Malcolm von seiner eigenen Zeit geboten wurde.

Neben den Serien gab es aber vor allem die Musik, die ihn erfüllte. In nahezu allen Formen und Bereichen der Musik hatte er irgendwie ein Zuhause gefunden. Natürlich gab es Tendenzen bei seinen Vorlieben. Rockmusik fand sich wohl am meisten unter seiner Sammlung. Gitarren, Schlagzeuge – das ergab etwas Handfestes. Wer eine Gitarre vernünftig bedienen konnte, erntete Malcolms Respekt. Aber nicht nur Legenden wie Jimi Hendrix oder Eric Clapton, deren Finger Unglaubliches anzustellen vermochten, begeisterten ihn. Nein, fast berührte es ihn noch viel mehr, wenn jemand aus vermeintlich einfachen Akkorden einen vollen Klang erschuf, einen schönen Song darüber dichtete. Er verehrte deshalb auch die Folkmusik und das Werk der Liedermacher.

Jazz war etwas, um darin seine Gedanken aufzulösen. Langen Soli zuzuhören und sich über findige Instrumentalisten zu freuen, bereitete Malcolm ebenfalls großes Vergnügen.

In klassischer Musik war er nicht groß bewandert, konnte verhältnismäßig wenig damit anfangen. Doch auch hier gab es Ausnahmen. Symphonien von Gustav Mahler zum Beispiel. Aber auch diversen brachialen Filmmusiken aus vielen Epochen der Filmkunst.

Sogar rein elektronische Musik übte von Zeit zu Zeit einen subtilen Reiz auf Malcolm aus, da er auch dort bisweilen eine Fingerfertigkeit erkennen konnte, ein Talent für das Erschaffen für Klangwelten.

Ja, Musik war eine Welt.

Zu behaupten, sie wäre *seine* Welt, wäre vielleicht etwas vermessen daher gekommen. Doch es war eine

Welt, in der Malcolm gut Bescheid wusste und sich sicher bewegte.

Ganz im Gegenteil zu der Welt, die sich nachts in den Szene-Bars des Big Apple abspielte. Die verstand er nicht. Was sollte er auch dort? Frauen angraben? Zu welchem Zweck? Sich allein betrinken, weil seine wenigen, flüchtigen Freunde über den halben Globus verteilt lebten? Nein, einen guten Scotch konnte man ebenso gut Zuhause genießen. Dort musste man keine lästigen Unterhaltungen schreiend führen. Und auch nicht gegen eine Musikbeschallung anzukämpfen versuchen, die in den meisten Fällen eher bescheiden, wenn nicht sogar richtig, richtig schlecht war.

Doch an jenem Abend hatte er sich breitschlagen lassen. Es war ein jährliches abendliches Treffen einiger Produzenten, dem er sich schon die letzten beiden Jahre unter Vorwänden entzogen hatte.

Also gut, ein verlorener Abend mehr oder weniger.

Man hatte ihm versichert, dass die Bar eine ausnehmend gute Musikauswahl besäße und außerdem ein ausgeklügeltes Lautsprechersystem. Dieses machte es angeblich möglich, sich in den Bereichen, in denen man gewöhnlicherweise nicht tanzte, bei Zimmerlautstärke zu unterhalten.

Also war er mitgekommen, saß nun in einer Lounge und rauchte gelangweilt eine Shisha mit Erdbeertabak. Die Musik, die er im Hintergrund hören konnte, war keine Katastrophe – aber das Gelobte Land für Leute wie Malcolm war sie sicherlich auch nicht. Sie war langweilig. Durchschnittlich, häufig tauglich für die Charts. Langweilig eben.

„Ist hier frei?“, fragte eine Stimme. Sie war schön anzuhören, ganz zweifelsohne, trotz der Hintergrundgeräusche.

Einen Zug vom Rauch der Wasserpfeife nehmend blickte Malcolm auf.

Eine Frau stand dort. Schlank, mit einer atemberaubenden Figur, langen goldblonden Locken und einem Gesicht mit sehr feinen Zügen. Der Hauch eines freundlichen Lächelns umspielte ihre Lippen.

Wie schon erwähnt, waren Frauen ebenso wenig Teil der Welt, in der Malcolm sich wohl fühlte, wie schlechte Musik. Weder hasste er sie, noch fühlte er sich zum männlichen Geschlecht hingezogen. Aber mit Frauen hatte er kein Glück.

Doch als ein Mann höflicher Manieren, nickte er ihr zu, legte das Mundstück beiseite und bot ihr mit einer Handbewegung den Platz auf dem Sitzkissen neben sich an.

„Natürlich", sagte er. Es klang ungezwungen aus seinem Mund, obwohl er sich anders dabei fühlte. Etwas, das er schon des Öfteren in den letzten Monaten an sich entdeckt hatte: Zwar war er keinesfalls verklemmt, aber trotz ihrer bemerkenswerten Schönheit war es Malcolm schlichtweg egal, ob sie sich zu ihm setzte oder nicht.

Ihr Lächeln wurde ein wenig breiter, als sie sich setzte.

„Ich bin Eve", stellte sie sich vor.

Malcolm nickte.

„Malcolm“, sagte er bloß und bot ihr das Mundstück der Wasserpfeife dar.

Zu seiner Überraschung nahm sie an und inhalierte ein wenig Rauch. Sie legte den Kopf in den Nacken und strich ihre Haare zurück, um eine Reihe ineinander verschlungener Rauchkringel auszublasen.

„Ziemlich süß“, bemerkte sie, nachdem sie mit ihrem kleinen Kunststück fertig war.

Malcolm zuckte mit den Schultern.

„Ich mag fruchtigen Tabakrauch“, meinte er, denn so war es nun einmal. Was hätte er auch erwidern können?

„Ich mag Erdbeeren“, sagte Eve. Es klang verheißungsvoll.

Aha. Small Talk mit Frauen auf Partys. Gehauchte Anspielungen. Das war so ungefähr das Letzte, was Malcolm nun wollte. Er hatte schon seine Gründe gehabt, auf diesen Abend verzichten zu wollen. Vermutlich war Eve scharf auf ihn, weil er in einem maßgeschneiderten Anzug herumlief. Das tat man so in den Kreisen, in denen er heute Abend verkehrte, und selbstverständlich stank es bis zum Himmel nach Geld. Kein Wunder also, dass früher oder später eine ungebundene Frau auf ihn aufmerksam wurde und die Chance witterte, einen guten Fang zu machen.

Beinahe hätte Malcolm ein leichter Schauder überkommen, als er an die letzte dieser Frauen dachte, die er länger als nötig an seinem Leben hatte teilhaben lassen.

Stattdessen setzte er ein Lächeln auf. Er konnte nichts gegen seine Erziehung. Höflichkeit war immer ein Teil eben davon gewesen.

„Du magst also Erdbeeren?“, fragte er nach.

Der Ausdruck auf ihrem Gesicht änderte sich schlagartig.

„Das klingt ziemlich dumm, oder?“, meinte sie.

Malcolm wiegte den Kopf leicht.

„Sagen wir mal, es ist nicht der beste Spruch, um ein Gespräch mit mir zu beginnen. Ich glaube nämlich nicht, dass wir uns wirklich über Erdbeeren unterhalten wollen.“

Eve blickte für eine Sekunde zu Boden.

„Nein“, meinte sie. „Natürlich nicht. Entschuldige.“

Malcolm hatte sein Lächeln nicht fallenlassen.

„Du brauchst dich nicht zu entschuldigen. Viele Leute mögen Erdbeeren.“

„Wie beginnt man denn deiner Meinung nach sonst ein Gespräch?“, wollte sie wissen. Eine leichte Herausforderung schwang darin mit.

Malcolm hatte einen Vorschlag.

„Vielleicht mit etwas, über das man sich auch tatsächlich unterhalten möchte?“

„Gut.“

Sie nahm sich zusammen, fixierte ihn mit ihrem Blick. Ihre Augen hatten eine ungewöhnliche Farbe. Welche, das konnte Malcolm im bunten Licht der Bar nicht sagen. Doch sie waren ... anders.

„Reden wir also über dich.“

„Über mich?“, fragte Malcolm ein wenig ungläubig. Gut, immerhin war sie mutig. Das respektierte er.

„Ich dachte, wir sollten über etwas reden, das mich interessiert“, stellte sie fest. „Und du siehst interessant aus. Du wirkst gedankenverloren. Während deine Freunde tanzen sind, bleibst du lieber hier sitzen, rauchst und trinkst deinen ...“

„... Scotch“, vollendete er den Satz, nachdem sie kurz irritiert auf sein Glas geschaut hatte. „Dankeschön.“

„Dankeschön? Wofür?“

„Dass du meinst, ich sähe interessant aus. Männer bekommen nicht oft Komplimente für ihr Äußeres.“

Ein Grinsen stahl sich auf ihr Gesicht.

„Wenn du wüsstest, wie oft ...“

Und ihr Grinsen sprang wie ein Funke auf Malcolm über.

Na immerhin, dachte er. Schlagfertig ist sie. Zumindest wird der Abend auf diese Weise nicht noch langweiliger.

„Gut“, konstatierte er. „Mein Äußeres haben wir damit abgehandelt. Was noch?“

„Warum du hier sitzt, anstatt zu tanzen …“, erinnerte sie ihn an das Thema.

„Ach ja ... vermutlich spielen sie einfach die falsche Musik.“

„Vermutlich?“

„Nein. Ganz sicher spielen sie die falsche Musik.“

„Was sollten sie denn stattdessen spielen?“, erkundigte sich Eve. Es klang aufrichtig interessiert, also beschloss Malcolm sich Mühe zu geben.

„Hm.“

Er überlegte kurz, nach was ihm vielleicht der Sinn stand im Augenblick.

„*Dear Reader* sollten sie spielen“, sagte er schließlich. „Oder *Hello Saferide.*“

Ein eigenartiges Leuchten trat in ihre Augen. Etwas, das vorher nicht dagewesen war. Ein kurzes Aufflackern. Malcolm hätte nicht mit Gewissheit sagen können, was genau es war.

„Du kennst *Dear Reader*?“, fragte sie. Ungespieltes Erstaunen klang darin mit.

„Wieso nicht?“

„Na ja ... du siehst nicht aus, wie …“

„… wie jemand, der Ahnung von Musik hat? Warum nicht?“

„Ich ... entschuldige bitte. Nein, das wollte ich eigentlich nicht sagen. Das klang dumm. Ich war bloß verwundert, dass man mitten in einer New Yorker Szene-Bar jemanden trifft, der eine wenig bekannte Band aus Südafrika kennt, die noch dazu sehr subtile Musik spielen.“

„Überraschung, würde ich mal sagen.“

„In der Tat. Was ist mit *Laura Veirs* oder mit *The Decemberists*?“

„Die erzählen alle ziemlich großartige Geschichten in ihren Liedern.“

Malcolm war offengestanden ein wenig platt. Hatte er Eve vielleicht doch falsch eingeschätzt? Zu der Kategorie Frauen, in die er sie zu allererst eingeordnet hatte, schien sie zumindest nicht zu gehören. Die besaßen nämlich gerade einmal genug kulturelle Bildung, um bei gängigen Themen halbwegs mitreden zu können – oder zumindest interessiert zu nicken, weil sie das ein oder andere Wort vielleicht schon einmal irgendwo aufgeschnappt hatten.

Eve jedoch schien sich bestens mit Musik auszukennen. Sie interessierte sich wirklich dafür. Daher auch das Flackern in ihren Augen. Musik bedeutete ihr etwas. Musik, ausgerechnet Musik. Nicht unbedingt Geld, Status oder Aussehen. Zwar sicherlich auch, aber sich über gute Musik unterhalten zu können, besaß nunmal Seltenheitswert.

„Aber zu *Dear Reader* tanzt man nicht“, gab sie schließlich zu bedenken. „Und ich wollte wissen, warum du nicht tanzt, so wie deine Freunde.“

„Unter anderem deswegen“, sagte Malcolm und nahm einen kleinen Schluck des alten *Laphroaig* aus seinem Tumbler. „Zu gutem Whisky passt keine Musik, zu der man tanzt.“

„Aha.“

„Und außerdem entspricht es schlicht und einfach nicht meiner Stimmung. Ich *möchte* einfach gerade nicht tanzen.“

Er blickte ihr direkt in die Augen.

„Ich habe nämlich im Augenblick viel mehr von einem guten Whisky und einem guten Gespräch.“

Sie lachte kurz auf.

„Ja, gute Gespräche auf Partys wie diesen sind nicht zu verachten. Aber um auf meine Frage zurückzukommen: Was müsste man denn spielen, damit du tanzt?“

Er wiegte den Kopf.

„Zunächst einmal müsste ich Lust haben, mich beim Tanzen zu verausgaben. Und dann müsste die Musik schnell genug sein.“

„Alte Rockmusik.“

„Vielleicht. Eher weniger. Vielmehr so etwas wie *blink-182* oder *Green Day*.“

Wieder das geheimnisvolle Aufflackern in ihren Augen.

„Gute Wahl“, sagte sie trocken. „Die Musik, meine ich, nicht der Whisky.“

„Beides“, bestätigte er.

„Du weißt, dass *blink-182* übermorgen in der Stadt sind?“, wollte sie wissen.

Malcolm nickte. Natürlich wusste er das. Doch war er ewig nicht auf einem solchen Konzert gewesen. Ganz einfach, weil ihm die passende Begleitung fehlte. Allein ins Kino zu gehen war eine Sache. Man gewöhnte sich daran, aus der Not eine Tugend zu machen. Aber allein auf ein Rockkonzert gehen? Nein. Dabei kam man sich höchstens erbärmlich vor.

Aber wenn die Frau, die gerade eben erst ihren guten Geschmack bezeugt hatte, wirklich ein derartiges Interesse an der Musik hatte, könnte sich die Sache mit den Konzerten vielleicht übermorgen ändern.

„Willst du hin?“, fragte er sie.

Ungläubig blickte sie ihn an. Damit hatte sie entweder nicht gerechnet – oder es war gut gespielt.

„Das ist dein Ernst, oder?“, forschte sie vorsichtig nach.

„Natürlich. Ich hab gerade niemanden für so etwas“, gestand Malcolm offen. „Aber ich für meinen Teil würde wahnsinnig gern hingehen. Das neue Album ist der Hammer.“

Eine Sekunde lang legte sich Skepsis auf ihre Züge.

„Okay“, willigte sie schließlich ein.

„Super“, meinte Malcolm und freute sich insgeheim, dass er eine Begleitung hatte, die ihm erstens überhaupt die Möglichkeit gab, das Konzert zu besuchen, und zweitens es auch noch wertzuschätzen schien.

Wie Musik

It's the first time that I'm worried

of a bad dream, of a journey

Die Zeilen rauschten über die Menge hinweg.

Malcolm und Eve wiegten sich in den Takten der Musik. Die hohe, etwas quakende Stimme Tom DeLonge nahm sie ein. Pop-Punk, Skater-Punk, Malcolm wusste in der Musik schon lange nicht mehr zwischen den mehr oder weniger ausdifferenzierten Varianten der Subgenres zu unterscheiden. Ja, es war wohl irgendeine Art Punk. Die Musik war süffig wie süßes Bier, floss die Gehörgänge hinunter und sorgte für Euphorie im Geist. Außerdem spielten *blink-182* die Musik, aus der Malcolms Jugend an der Highschool und am College gemacht war. Der Soundtrack längst vergangener Jahre am Ende der Neunziger.

I'm like a cat in the cage, locked up and battered and bruised

Die schnellen Beats von Schlagzeuger Travis Barker fegten von großen Lautsprechern zusätzlich verstärkt durch das Publikum, durch Eve und Malcolm, durch ihre Körper, ihre Haut, ihr Inneres. Der pulsierende Rhythmus dieser Nacht, lauter noch und scheinbar auch gewichtiger als der eigene Herzschlag. Jeder Kick auf das Pedal der Bassdrum war wie ein seichter Stoß in den Magen.

Im Blitzen der Scheinwerfer warf Malcolm Blicke auf Eve. Wie sie in der Musik aufzugehen schien, Teil der Masse wurde, in ihr versank. Es war voll und laut hier und wirkte somit wie das Zentrum des Lebens selbst. Man ließ sich fallen und ließ das Leben auf sich regnen. Die Musik machte frei von anderen Gedanken. Ja, hier waren hunderte Menschen und sie bewegten sich zu den Klängen. Es war warm und sicher roch alles hier zu einem nicht unerheblichen Teil nach Schweiß und Bier – doch es war nicht wahrzunehmen. Die Musik überdeckte alles: Das Empfinden für Geruch, jenes für Temperatur. Adrenalin jagte durch Adern und Venen und betäubte jedes gewöhnliche Empfinden. Eine

Droge, die süchtig machte, ohne den Körper zu vergiften.

And all these demons keep you up all night

Die Nacht war die wahre Zeit der Musik. Dann, wenn der Rest des Tages sich zur Ruhe gebettet hatte, wenn man alle Sorgen und Nöte durchlebt hatte. Ja, dann kam die Musik und trug einen fort von sich und seinem Leben, fort von Leid und Sünde, fort von Freund und Feind.

Sie verschnauften einen Augenblick, johlten, riefen die Band unter Applaus für Zugaben auf die Bühne zurück.

Eve trug ein schwarzes Top. Es war beinahe unerhört, sie anzusehen, wie sie ihre Haare nach hinten warf. So oft. Und meist gefolgt von einem Blick aus ihren strahlenden Augen über die Schulter.

Sie sah tatsächlich glücklich aus, befand Malcolm. Sie war nicht bloß hier, weil es ihm gefallen sollte. Nein, sie war hier, weil es *ihr* gefiel.

Die Band betrat die Bühne erneut.

Love is dangerous

Love is so dangerous

...

Später in der Nacht schlenderten sie am Hudson River entlang in Richtung Pumphouse Park. Diese Ecke in Manhatten hatte für Malcolm seit jeher etwas Besonderes gehabt. Nicht ohne Grund besaß er ein Apartment nur wenige Blocks von hier entfernt.

Sie lachten miteinander – auf eine Art und Weise, wie Malcolm sie gerne öfter mit den Frauen erlebt hätte, die in sein Leben getreten waren.

„Du magst Noel Gallagher also lieber als seinen Bruder?“, fragte Eve, ihr Kichern über einen selbstgemachten Scherz unterbrechend.

„Na klar, du etwas nicht?“

Ihr Lachen flaute etwas ab. Nicht, ohne sich jedoch in ihren Mundwinkeln versteckt zu halten, bereit, jederzeit wieder loszubrechen.

„Natürlich nicht“, protestierte sie. „Liam hat bei Oasis immerhin gesungen.“

„Nicht immer“, erinnerte Malcolm sie. „Erinnere dich an das MTV-Unplugged, bei dem er besoffen im Publikum saß und versuchte, durch ständiges Gegröle die Show zu sabotieren.“

„Hey, komm, Engel sind sie nun beide nicht wirklich. Ich mag sie beide nicht.“

„Ich mag sie auch nicht wirklich. Wer seinen Gitarren Tickets für extra First-Class-Plätze in Flugzeugen kauft, den kann man kaum mögen ... Ich meine ja nur, wenn man sich zwischen einem der beiden entscheiden müsste.“

Eves Lächeln wurde wieder breiter.

„Ich versteh schon.“

„Und?“

„Hm. Jetzt hast du mir immer noch nicht gesagt, warum du Noel lieber hast. Immerhin hast du ja keinen der beiden richtig gern.“

„Noel schreibt eindeutig die besseren Songs – und die Songs sind es wert, dass man sich mit Gestalten wie den Gallagher-Brüdern arrangiert.“

„Also mit Noel.“

„In diesem Fall ja. Er ist das Songwriter-Genie bei Oasis gewesen und er ist es immer noch.“

„Ok, überzeugt.“

Sie erreichten die Bootsanleger beim Park und gingen weiter am Ufer des Hudson River entlang auf die Plaza des World Financial Centers zu.

Auf halbem Wege setzte sich Eve schließlich an den Rand der Kaimauer und ließ die Beine hinunterbaumeln.

Malcolm setzt sich zu ihr.

„Das hat Spaß gemacht“, sagte er. „Danke für den Abend.“

„Er muss noch nicht vorbei sein.“

Ohne den Blick von den vorbeiziehenden Schiffen draußen auf dem großen Fluss zu wenden, meinte er: „Ich denke doch.“

„Wieso?“

„Wir sollten jeder allein nach Hause gehen, denke ich."

Eve sah ihn schräg an.

„Was hast du denn erwartet?"

„Gar nichts", antwortete Malcolm weiter, ohne sie anzublicken. „Aber ich weiß, wie solche Abende in der Vergangenheit oft geendet haben. Und das möchte ich ehrlich gesagt nicht."

Die Empörung in Eves Stimme war zu hören.

„Du glaubst also, ich wäre mit dir auf das Konzert, nur um einen reichen Kerl zu vögeln?"

„Nein, ich ..."

Er suchte nach Worten, hoffte, dass sie sie ihm nicht abschneiden würde.

„Ja?", wartete sie erwartungsvoll auf eine Erklärung.

„Es hat wirklich Spaß gemacht", versuchte er es vorsichtig. „Das ist mein voller Ernst. Dir ging es um die Musik und nicht um mich oder um mein Geld. Das weiß ich zu schätzen."

„Dennoch bist du in der Vergangenheit in dieser Hinsicht ein paarmal ziemlich übel auf die Schnauze gefallen, richtig?“, folgerte Eve.

Diesmal sah er sie an. Sie hielt seinem Blick stand. Und Malcolm erkannte, dass sie jedes Wort genau so ernst meinte, wie es geklungen hatte. Der eigenartige Schimmer war aus ihren Augen verschwunden.

„Ja“, sprach Malcolm es leise aus und nickte dabei, den Blick nun senkend.

Sie stand weder auf, noch ging sie fort. Auch, wenn es sicherlich ihr gutes Recht gewesen wäre, dachte Malcolm. Nein, sie ging nicht. Sie atmete ruhig und sah wieder hinaus aufs Wasser, auf die schaukelnden Jachten.

„Das ist schade.“

„Ist es das?“

„Ach“, sie winkte ab und lachte kurz verlegen auf. „Nein, es ist nicht schade um die gemeinsame Nacht. Es ist schade, dass es in der Vergangenheit nicht so gut für dich gelaufen ist.“

„Ich hab einfach keine Lust mehr auf so etwas."

„So beschissen war es also bisher?"

Jetzt musste Malcolm lachen.

„Der Sex war meistens ziemlich gut ..."

„Aber?"

„Es ging dabei selten um mich – vielmehr um mein Geld."

„Ich hab doch schon gesagt, dass ich nicht …"

„Ich weiß", unterbrach Malcolm die Erklärung. „Und ich hoffe, du bist mir nicht böse."

Eve überlegte einige Sekunden.

„Es kratzt schon ein wenig am Ego ..."

Jetzt musste Malcolm breit grinsen.

„Du wärst also tatsächlich mit mir im Bett gelandet."

„Nicht um diese Uhrzeit", protestierte Eve. Auch sie wurde von seinem Grinsen erfasst.

„Keine Sorge", meinte Malcolm. „Du bist eine umwerfend schöne Frau. Wirklich. Es liegt wohl an mir."

„Unsere Vergangenheit wiegt oft schwer, oder?“, fragte sie.

Kurz flogen einige Bilder aus seiner Vergangenheit an ihm vorüber. Die Familie, sein Bruder, gescheiterte Beziehungen oder zumindest Versuche davon.

„Sie hinterlässt zumindest ihre Spuren – oder etwa nicht?“

„Hm.“

„Aber mal ehrlich, warum hat eine Frau mit deinem Äußeren niemanden an ihrer Seite?“

„Oh, das ist eine komplizierte Geschichte. Aber ich nehme deine Komplimente gern entgegen.“

„Das darfst du auch.“

„Danke schön. Sicherlich warte ich nicht auf jemanden mit einem genügend großen Portemonnaie, wenn das eine Anspielung sein sollte.“

„Also, warum?“

„Ich sagte doch, es ist kompliziert.“

„Wir haben Zeit.“

Sie seufzte.

„Nein, du hast recht, es ist besser, wenn wir diesen Abend an dieser Stelle beenden.“

„Wir können ihn gerne irgendwann fortsetzen.“

„Sehr gerne ...“

Draußen auf dem Wasser erklang das Horn eines Frachters.

„Kennst du *Iron and Wine*?“, fragte er.

Morgen

Die Musik hatte sie von Anfang an verbunden und trug sie auch weiterhin durch die Nächte. In den folgenden Wochen waren die Konzertbesuche mit Eve eine willkommene Unterbrechung des Alltages, der nach einem solchen Abend unendlich weit entfernt zu liegen schien.

Sie sahen, aber vor allem hörten, in dieser Zeit *Tired Pony*, *Stereophonics*, *Editors* und *Death Cab for Cutie*. Und auf jenem letzten Konzert war es schließlich, als sie sich zum ersten Mal küssten, während Ben Gibbard Zeilen aus *Grapevine Fires* in die Menge säuselte.

... with prayers for rain on their lips.

Der Kuss war wunderschön, episch und magisch gleichermaßen und doch auf eine seltsame Weise völlig selbstverständlich. Als sei alles in den vergangenen Wochen ohnehin darauf hinausgelaufen. Seit sie sich das erste Mal in der Bar gesehen hatten.

Malcolm konnte Eve nicht lachen hören, als die Band in *Meet me on the Equinox* einstimmte, aber er konnte sie lachen sehen. Er sah, wie sehr Eve den Moment genoss, und er lehnte seine Stirn gegen ihre und gemeinsam wiegten sie sich in den hallenden Akkorden der Gitarren.

Als die Band endete, hatte die Nacht gerade erst begonnen.

Geld allein macht nicht glücklich, aber es erleichtert Vieles. Es war schon besser, im Cab nach Hause gefahren zu werden als in der Bahn.

Malcolm würde es für immer wissen, als Tattoo auf ewig unter die Haut seiner Seele gestochen. Wie sie taumelnd vor Glück beinahe das Bezahlen des Fahrers vergessen hatten. Wie sie betrunken voneinander durch die Lobby beinahe in den Fahrstuhl gefallen waren. Wie sie in Malcolms Penthouse hoch über so vielen Dächern ihre Kleidung verloren hatten. Wie sie im strahlenden Weiß von Malcolms viel zu teurem Bett gelandet waren. Wie Eves Haut duftete – ein wenig nach Orangenblüten. Wie sie alle Laken zerwühlt hatten. Wie sie erschöpft übereinander eingeschlafen waren, während draußen das immer wache Rauschen der Stadt seine beruhigende Geräuschkulisse über sie deckte. Wie er in einem Blinzeln im Augenwinkel einen kleinen Kometen schillernd vor der breiten Fensterfront vorbeihuschen sah ...

All die Gerüche auf der Haut; all das Feuer, das sich tief in die aufgeregten Herzen fraß – all das machte einen betäubenden Lärm, beinahe wie ein sich stimmendes Orchester, das auf dem Sprung zu einer großen Komposition war.

Doch trotz der rauschenden Welt aus gedachten und wirklichen Tönen, die in Malcolms Verstand hallten, war es einfaches Vogelgezwitscher, das ihn am Morgen weckte.

Verschlafen blinzelte er, hob den Kopf und sah in die lichtgeflutete Kulisse der riesigen Stadt hinaus, in der sie sich befanden.

Barfuß tapste er in die Küche, ließ sich vom viel zu teuren Vollautomaten einen Becher mit heißem Kaffee füllen. Immer noch starrte er versonnen vor sich hin. Was war mit ihm geschehen? War es wirklich, was es schien? Eine Chance? Oder war es doch bloß wie immer ein Abenteuer unter vielen, dessen Ausgang er eigentlich nicht erfahren wollte, weil er schon zu viele kannte? Es fühlte sich gut an diesmal. Nun ja, das hatte es oft. Aber irgendetwas schien ihm anders zu sein, dieses Mal.

Etwas blitzte in seinem Augenwinkel auf. Er hätte schwören können, dort wieder eine kleine Lichterscheinung gesehen zu haben. Nahezu unscheinbar. Er rätselte, ob er vielleicht einmal zum Augenarzt gehen sollte. Lichtblitze in den Augenwinkeln sollten angeblich nichts Gutes verheißen.

Er schob den Gedanken beiseite. Dies war kein Morgen, um über solche Dinge nachzudenken.

Er öffnete das, was in normalen Haushalten ein Kühlschrank gewesen wäre. Hier war es ein Palast. Das gute Gerät überprüfte die Haltbarkeitsdaten und bestellte online, was es benötigte. Malcolms Haushälterin nahm die Waren stets entgegen. Ein nettes Feature, doch wurde es verhältnismäßig selten genutzt, weswegen der Kühlschrank die meiste Zeit wie eine verlassene Halle wirkte. Ein Grund, weshalb Malcolm ihn scherzhaft *Barney den Launigen* nannte. Bei sich dachte er, es müsse frustrierend sein, für derart simple Arbeit wie das Aufbewahren einiger Joghurts und Fertigsalate dermaßen überqualifiziert zu sein. Zu mehr brauchte Malcolm ihn nämlich kaum. Er aß häufig auswärts. Wenn er denn hier bei sich speiste, nahm er sich meist etwas von auswärts mit oder beschränkte sich auf das Zubereiten bescheidener Mahlzeiten. Er kochte gerne, jedoch viel zu selten. Selbst zum Frühstück an freien Tagen ließ er den automatischen Herd per Funkuhr Brötchen aufbacken.

Heute jedoch hatte er den Kühlschrank zur Vorsicht etwas mehr bestellen lassen – fast hatte er dabei befürchtet, *Barney der Launige* könnte absichtlich etwas schiefgehen lassen, um sich für seine stete Unterforderung zu rächen. Doch das Gegenteil war der Fall, ein Schlaraffenland öffnete sich mit der Kühlschranktür vor Malcolms Augen.

Also ließ er den Herd Brötchen und Croissants backen und presste Orangensaft, füllte eine große Kanne Kaffee ab, wusch sündhaft teure Erdbeeren. Dazu stellte er verschiedene Müslis und Joghurts, briet etwas Speck an und füllte ein zweites Tablett mit diversen Marmeladen und Aufschnitten.

Während er Eier kochte – oder eher: vom Eierkocher kochen ließ –, beschloss er, dass es Zeit sei, etwas zu arbeiten.

Er löste ein Kreuzworträtsel.

Schließlich balancierte er die beiden Tabletts gekonnt auf je einer Handfläche zum Bett, in dem Eve offenkundig so tat als schliefe sie noch.

„Guten Morgen“, grinste Malcolm sie an. „Ich habe hier ein ziemlich buntes Frühstück.“

Eve blinzelte, räkelte sich ausgiebig und setzte sich langsam im Bett auf, um ihn erwartungsvoll anzulächeln.

„Sag jetzt bitte nicht, dass du zu den Leuten gehörst, die nicht frühstücken“, zweifelte Malcolm kurz, wobei er hoffte, dass es scherzhaft rüberkam – so sicher war er sich dabei aber nicht. Unter den Leuten mit zuviel Geld kannte er zu viele, die Stein und Bein darauf schworen, niemals zu frühstücken. Schließlich kostete so etwas ja Zeit. Und obendrein gab es jede Menge zusätzlicher Ausreden: Es wäre nicht gut für den Magen; sie hätten morgens noch nie gegessen; die erste Mahlzeit müsse immer eine warme sein; man hätte dann morgens gleich einen Stein im Magen und so weiter.

Eve strahlte.

„Du machst dir gerne unbegründete Sorgen, oder?“, neckte sie ihn. „Selbst wenn ich niemand wäre, der frühstücken würde, dann würde ich heute zumindest so tun. Und es dir vielleicht später irgendwann einmal sagen ...“

„Ah", machte Malcolm. „Zweifelhafte Voraussetzungen. Ihr Frauen steckt zunächst aus purer Höflichkeit gern mal zurück – während Männer sich dann eure Angewohnheiten und Vorlieben gleich schon mal falsch einprägen ..."

Eve verdrehte die Augen. Selbst diese kleine Geste wirkte atemberaubend auf Malcolm.

„Krieg ich jetzt mein Frühstück, mein pessimistischster aller Liebhaber?"

Malcolm stellte alles ab, gab ihr einen Kuss ... und gemeinsam fielen sie über alles her.

Sie blödelten den Vormittag und einen großen Teil des Mittags herum. Begleitet wurden sie vom hysterischen Gesang Adam F. Duritz', der sie über die im gesamten Penthouse verteilten, glasklaren Lautsprecher beschallte.

Step out the frontdoor like a ghost into the fog where no one notices the contrast of white on white

„Musst du nicht arbeiten?“, fragte Eve schließlich irgendwann unbedarft.

„Muss ich?“, fragte Malcolm zurück. Ein wenig verwundert. „Und was ist mit dir, musst du nicht ebenfalls arbeiten?“

Eve zuckte mit den Schultern.

„Nicht unbedingt“, sagte sie. „Was machst du überhaupt?“

„Das weißt du doch.“

„Na ja, mit reichen Leuten rumhängen, Filme produzieren – oder zumindest das Geld dazu zur Verfügung stellen ... das ist nicht unbedingt etwas, dass ich unter Arbeit verstehe.“

„Stimmt“, resümierte er. „Zumindest ist das weder harte körperliche Arbeit, noch muss ich mir irgendetwas Kreatives aus dem Verstand wringen.“

Eve blickte sich vielsagend um.

„Aber von irgendwas muss das alles hier doch kommen.“

Er lächelte mild.

„Sagen wir mal, ich habe eine Menge Glück."

„Glück?"

„Die Filme, in die ich investiere, rentieren sich halt."

„Blödsinn"

„Kein völliger Blödsinn. Die Filme rentieren sich wirklich. Aber ich mag es auch so, in Künstler zu investieren. Versteh' mich nicht falsch, ich kaufe keine abstrakten Bilder für mehrere Tausend Dollar. Ich finanziere lieber Projekte von Künstlern, die ich für talentiert halte und die ihren Lebensunterhalt sonst nicht davon bestreiten könnten."

„Du lässt die Leute von ihrer Kreativität leben?"

„Nein, ich lasse die Leute *für* ihre Kreativität leben, das ist ein Unterschied. Außerdem blase ich niemandem einfach so das Geld in den Hintern. Es soll als Starthilfe dienen. Ich kaufe den Leuten, die ich unterstütze, eine gewisse Zeit, die sie dann voll und ganz in ihre Projekte investieren können: Musik, Bilder, Texte.

Faule Leute unterstütze ich nicht – der Wille, von seiner Kunst zu leben und sie als Arbeit zu begreifen, muss erkennbar sein.“

Sie sah ihn irritiert an.

„Aber selbst bist du faul?“

„Nein, nun wirklich nicht.“

„Und woher kommt nun das, was du in kreative Menschen investieren kannst?“

„Glück“, wiederholte er.

Die Irritation in ihrem Blick ließ nicht nach.

„Glück kann nicht alles sein“, beharrte sie.

Malcolm hielt inne. Irgendetwas war gefährlich an dieser Diskussion. Er wusste nicht was. Warum interessierte sich Eve so vehement für seine Einkommensquellen? War es am Ende doch wieder nur die Geldgier, bloß gut versteckt in den letzten Wochen?

„Warum ... warum interessiert dich das so unglaublich?“, äußerte er schließlich vorsichtig. „Ist es nicht völlig gleich, woher ich meine Einkünfte beziehe, solange ich dabei ein guter Mensch bin?“

„Bist du denn ein guter Mensch?“, fragte sie zurück.

„Ich tue zumindest mein Bestes. Aber wann ist ein Mensch denn kein guter Mensch mehr?“

„Vielleicht, wenn er vorsätzlich unmoralisch handelt?“

Malcolm lachte auf. Erleichterung machte sich in ihm breit. Jetzt hatte er verstanden.

„Du willst wissen, ob ich etwas Illegales tue, um an mein Geld zu kommen.“

Eve blieb stumm. Vielsagend stumm.

„Nein“, schüttelte er den Kopf. Auf diese absurden Gedanken war er selbst gar nicht gekommen. Natürlich, jemand der ständig bloß vom *Glück* sprach, wenn es um Geld ging, der bot automatisch eine Projektionsfläche für derartiges Misstrauen.

„Nein“, wiederholte er. „Ich verdiene mein Geld nicht mit illegalen Mitteln. Überhaupt glaube ich nicht, dass viel kriminelle Energie in mir schlummert.“

Er versuchte einen Anflug von Erleichterung, ein Aufatmen in Eves Zügen zu lesen. Es war nicht da. Noch nicht.

„Womit verdienst du *dein* Geld?“, setzte er die Fragerunde schließlich fort. „Wenn ich dir darlegen muss, wo meine Geldquellen liegen, dann könnte ich dieselbe Frage andersherum stellen. Du hast zwar von einem Bürojob gesprochen ... aber das erklärt auch nicht, warum du heute frei hast. Urlaub?“

Eves Gesicht blieb regungslos.

„Sagen wir mal ... ich arbeite für die Regierung. Und meistens ist es eine Art Büroarbeit, die ich mache.“

„Eine *Art* Büroarbeit?“

„Ich fürchte, mehr darf ich dir darüber nicht sagen.“

Malcolm grinste verschmitzt. Das klang irgendwie wie im Film. Die Agentin, die nicht über ihre Arbeit reden durfte, weil sie Regierung, Volk und Vaterland gegenüber verpflichtet war.

„Das ist aber wenig“, meinte er schließlich. „Dafür, dass du gern alles über mich wissen willst, sind die Informationen von deiner Seite wirklich etwas mau.“

„Das birgt Konfliktpotential, das gebe ich zu. Ich kann dir aber so viel erklären, dass ich in Teufels Küche käme, wenn ich herausfände, dass du deinen Lebensunterhalt auf kriminelle Weise verdienst.“

Das war in sich zwar logisch – dennoch stellte es ihn nicht ganz zufrieden. Diese Argumentation war seltsam zweischneidig. Auf der einen Seite wollte sie wissen, was er tat – berechtigterweise, wenn sie denn für die Regierung arbeitete. Er musste in diesem Fall moralische Integrität vorweisen können, ohne die sie nicht fähig wäre, ruhigen Gewissens zu arbeiten. Dass sie ihm auf der anderen Seite jedoch nichts Genaueres verraten durfte, war eben das Problem an der Sache.

Er fällte einen einfachen Beschluss: Er würde ihr zunächst einmal vertrauen. Ein kleiner Vertrauensvorschuss mehr oder weniger bei all den Enttäuschungen, die er vorzuweisen hatte, würde ihm nicht das Genick brechen. Zumal er, innerlich halb resigniert, die Hoffnung auf ein Leben zu zweit ohnehin schon lange in die hinteren Ecken seiner Vorstellungswelt verbannt hatte.

„Ich habe tatsächlich einfach Glück.“, stellte er wieder in den Raum. Und um seine Aussage zu unterstreichen, griff er neben einem Nachtschränkchen unter das Bett und holte zwei Zeitschriften hervor. Beide waren umgeknickt aufgeschlagen, jeweils auf Seiten, auf denen Gewinnspiele zu finden waren. Ob Kreuzwort- oder Bilderrätsel oder einfach nur etwas, wo man eine Postkarte oder E-Mail einschicken musste.

Eve zog eine Augenbraue hoch – eine interessante Geste, wie Malcolm befand. Sie konnte Verunsicherung und Geringschätzung gleichermaßen ausdrücken.

„Du löst Rätsel?“

Die Verunsicherung schien die Oberhand über die hochgezogene Augenbraue gewonnen zu haben.

„Nein, nicht nur“, gab Malcolm zu. „Aber häufig, ja.“

„Und du gewinnst?"

Er nickte.

„Ich hab ja gesagt, ich habe hauptsächlich Glück."

„Du hast also hauptsächlich Glück mit Gewinnspielen und gewinnst ... lass mich mal sehen ...", sie beugte sich zu ihm rüber, zog ihm eine der Illustrierten aus der Hand.

„... eine *Multifunktionsküchenmaschine*?", las sie vor.

Malcolm zuckte mit den Schultern.

„Warum nicht?"

Sie gab ihm die Zeitschrift zurück.

„Damit verdienst du doch nicht das Geld für *diese* Wohnung hier."

„Ne, das verdiene ich mit Filmen", grinste er und bekam als Antwort ein Kissen ins Gesicht geschleudert.

„Ey", protestierte er lachend. „Es ist wirklich so."

Er nahm das Kissen runter.

„Dinge wie die Küchenmaschine kann ich im Internet verkaufen. Irgendwer will so etwas haben, besonders, wenn es nur die Hälfte von dem kostet, was man im Laden für ein neuwertiges Gerät ausgeben würde. Aber ich gewinne auch Autos oder Reisen, teure Elektronik und eine Menge Krempel, den ich nicht brauche oder einfach schon habe. Wenn ich beispielsweise einen Fernseher gewinne, verkaufe ich ihn. Ich habe Fernseher. Genug. Einen großen im Wohnzimmer und einen kleinen in der Küche. Und beide benutze ich so gut wie nie. DVDs und Videos schaue ich meist unterwegs. Die Abende, die ich im Jahr alleine hier herumhänge und mir ein Spiel der *Giants* ansehe, kann ich an beiden Händen abzählen. Also verkaufe ich das Zeug."

Der Blick, mit dem Eve ihn bedachte, war mehr als schräg.

„Du gewinnst diesen ganzen Kram bei Gewinnspielen aus Zeitungen? Und verscheuerst das Zeug, das du nicht brauchst, übers Internet?"

„Wie gesagt, ich hab' Glück", resümierte Malcolm knapp.

„Das ist ... ziemlich schwer zu glauben“, meinte sie verdattert.

„Schwerer zu glauben als ein geheimnisvolles *Ich-arbeite-für-die-Regierung*?“

Er bekam das Kissen wieder ins Gesicht.

„Nein, nein, nein“, wehrte er sich. „Das ist wirklich alles wahr. Ich hab ein ziemlich unverschämtes Glück. Nicht nur, was Gewinnspiele in Zeitschriften angeht. Ich finde auch Geld auf der Straße, spekuliere mit Aktien, setze Geld in Sportwetten oder gehe ins Casino. Ich habe einfach eine Menge Glück. Gesetze zu steuerlichen Abgaben ändern sich oft genau dann, wenn ich sie zu meinem finanziellen Vorteil einsetzen kann. Mein Steuerberater ist zunächst durchgedreht, aber mittlerweile hat er sich dran gewöhnt – es kann schon sein, dass er tatsächlich auch glaubt, ich würde mein Geld durch krumme Touren reinspielen. Aber dem ist nicht so. Ich kann ja immer alles glasklar belegen. Filme, in die ich investiere, sind erfolgreich, Künstler, die ich unterstütze, ebenfalls. Ich habe einfach sehr, sehr viel Glück. Quasi eine reale Version von Gustav Gans."

Eve blieb stumm.

„Nur mit Frauen hatte ich bisher immer Pech. Vielleicht verstehst du mein Misstrauen jetzt ein wenig besser. Mein Leben läuft getreu dem Motto *Glück im Spiel, Pech in der Liebe*."

Eine Weile saßen sie so da, sagten nichts. Nicht nur einmal dachte Malcolm, wie beeindruckend das Licht auf Eves goldener Haarpracht schimmerte. Dieser Tag hatte ihm das schönste Aufwachen seit langer, langer Zeit beschert.

„Ich glaube, es ist besser, wenn ich jetzt gehe", beschloss Eve dann und stand auf. Malcolm blickte ihrem makellosen Körper hinterher, der als Silhouette vor dem hellen Fenster der Penthouse-Wohnung in Richtung Badezimmer verschwand, den Gang immer wieder unterbrechend, um ein Kleidungsstück vom Boden aufzulesen.

Malcolm blieb im Bett sitzen und starrte grübelnd vor sich hin. Konnte man gegen seine Art zu leben irgendetwas vorbringen? War es unfair, mit diesem Glück gesegnet zu sein? Und was war überhaupt *Glück*? In seinem Falle handelte es sich ja weniger um einen Gefühlszustand. Vielmehr war sein Glück jene Art von Zufall, die einem mehr und einem anderen weniger zuteilwurde. Zur richtigen Zeit das Richtige tun oder am richtigen Ort sein.

In dieser Hinsicht war er möglicherweise der glücklichste Mann der Welt.

Was seine Gefühlswelt anbelangte ... hier war er jemand, der über Jahre hinweg immer wieder Enttäuschungen einstecken musste. Falsche Freunde und falsche Frauen pflasterten den Weg seiner Emotionen rückblickend. Und vieles von der Art von Glück, das er besaß, würde er eintauschen gegen jenes andere Glück, das einem Menschen ein Stück Vollkommenheit zuteil werden ließ.

Eve war fertig und kam aus dem Badezimmer zurück.

„Sehen wir uns heute Abend?“, fragte Malcolm zaghaft.

Sie überlegte kurz.

„Du könntest dich auf dein Glück verlassen.“

Es klang möglicherweise schnippischer als sie beabsichtigt hatte.

„Dann wohl eher nicht“, fasst Malcolm es auf und fügte hinzu: „Du glaubst mir nicht, oder?“

„Es ist schwer“, gestand sie.

Dass die Sache mit der Regierung ebenfalls nicht einfach zu verdauen und noch viel schwerer zu glauben war, schien sie nicht zu interessieren. Aber obwohl Malcolm diese Sichtweise etwas eindimensional fand, konnte er sich nicht gegen seine Hingezogenheit zu dieser Frau wehren. Sie hatte etwas an sich, das bisher noch keine Frau gehabt hatte, die er kennengelernt hatte. Etwas, dass ihn über das Maß der gemeinsamen Interessen hinaus faszinierte. Etwas beinahe Magisches.

„Morgen Abend?“, versuchte er es.

„Vielleicht.“

„Gib mir eine Chance!“

Er klang niedergeschmettert.

„Um sechs“, sagte sie schließlich. „Reservoir, Nordufer. Du wirst mich schon finden.“

Und damit war sie fort, wirbelte aus Malcolms Tag wie ein Blatt in einer sanften Brise.

Hatte er den Kopf verloren?

Wünschte er sich, den Kopf zu verlieren?

Er wusste es nicht.

Was er nicht sehen und ahnen konnte, war das tiefe, grüblerische Zweifeln, das Eve im Fahrstuhl, in der Lobby, ja noch viele Straßenecken entfernt an den Tag legte. Ein Zweifeln, von dem sie nicht wusste, woher es rührte. Zweifelte sie an sich, an Malcolm, am Herrn der Laternen?

Einer der kleinen Kometen schwirrte neben ihr, während sie mit eiligen Schritten durch Straßen stapfte, in denen sie niemand bemerken wollte. Der Kleine schmiegte sich an sie und sie tätschelte ihm behutsam den Kopf, bedacht, nicht an seinen empfindlichen Schweif zu kommen.

„Ja“, sprach sie nachdenklich zu ihm, wie zu einem Haustier, dem man die Sorgen der eigenen Seele anvertraut. „Die Sache ist ganz schön verzwickt.“

Sie mochte Malcolm. Sie mochte ihn unheimlich – und sie war sich nicht sicher, ob sie ihn spüren lassen sollte, was er in ihr geweckt hatte. Selbst Sterne konnten fallen, wenn sie sich an die Welt banden.

Dabei wusste sie nichts sicher – nur Ahnung, nur Zweifel, nur Hoffnung und Gefühl begleiteten sie auf dem Weg.

Und natürlich der kleine Komet, der ein hohes, leises Bimmeln von sich gab. Unmerklich fast, gerade wie eine Katze, die zum Trost oder auch nur aus Behaglichkeit schnurrte.

Glück oder nicht?

Vielleicht laufen diese Dinge im Leben einfach falsch. So dachte Malcolm, als er sich am Abend des folgenden Tages die dreiundneunzigste Straße, die Central Park West Avenue, kreuzend den Park betrat. Er hatte sich durch anderthalb Tage geschleppt, mehr schlecht als recht wissend, was er von sich oder von Eve oder am schlimmsten von ihnen beiden halten sollte.

Immerhin schien es, dass sein Geist sich diese Gedanken trotz quälender Ungewissheit machen wollte. Bei einer anderen Frau hätte er vermutlich bereits kapituliert.

Auf der einen Seite hasste er diese Resignation, auf der anderen klammerten sich Menschen doch stets an den letzten Hoffnungsschimmer im Leben, an den letzten Lichtschimmer in der dunkelsten Nacht, an das Licht am Ende des Tunnels.

Natürlich war er nun hier, mehr hoffend als erwartend. Hier im Central Park, jener riesigen Grünanlage im Herzen des Big Apple. Auf Karten sah hier immer alles so klein aus – bevor er das erste Mal diese

Stadt besucht hatte, war auch Malcolm nie bewusst gewesen, wie enorm Manhattan doch zu sein schien. Eine Stadt auf einer Insel, wie groß konnte die schon sein? Daran, dass diese Insel beinahe fünfzig Kilometer lang war, hatte er nie gedacht. Und ebenso eindrucksvoll wie das Monster aus Hochhäusern, das ihn umgab, war auch der Central Park, der in dessen Mitte lag. Der Blick, den man von den Dächern der umliegenden Häuser aus hatte, war grandios. Doch selber hier unten zu stehen, am Jacqueline Kennedy Onassis Reservoir, dem größten See des Parks, war atemberaubend. Der Central Park war riesig genug, um der Abendsonne einen perfekten Einfallswinkel zu bieten. Sonnenuntergänge waren magisch hier, wenn das Tageslicht hinter einer dunklen Silhouette aus Wolkenkratzern verschwand, um den Himmel in Feuer zu tauchen.

Dort stand sie. Am Ufer des Reservoirs und blickte hinaus auf den See. Der Wind, der durch die Häuserschluchten fegte, fing sich hier im Park und spielte mit ihrem Haar, das sich als Schatten gegen den Sonnenuntergang abhob.

Die Szenerie hätte ein Film kaum besser treffen können, dachte Malcolm bei sich und näherte sich ihr entschlossen. Wenige Schritte, bevor er sie erreicht hatte, drehte sie sich um, lächelte flüchtig und umarmte ihn zur Begrüßung. Nicht leidenschaftlich, sondern eher so, wie es Freunde taten.

Dann standen sie da. Eine ganze Weile. Einfach nur da. Blickten auf das Farbenspiel von Sonne und See hinaus.

„Ist so viel Glück nicht unfair?“, sprach sie schließlich vor sich aus, ohne Malcolm dabei anzusehen.

„Gegenüber wem?“

„Na, gegenüber allen, die nicht so viel Glück haben.“

„Aber dafür kann ich doch nichts, oder?“

Schweigen.

Eine ganze Weile.

Einfach bloß dazustehen und den Sonnenuntergang zu verfolgen, hätte schön sein müssen. Doch leider war es auf eine beunruhigende Weise eher eigenartig.

Schließlich gingen sie ein Stück am Ufer entlang in Richtung der sechsundachtzigsten Straße.

„Wie gehst du mit all deinem Glück um?“, fragte Eve schließlich in die Stille hinein.

Malcolm überlegte. Nicht lange, nur einen kurzen Moment, in dem er abwog, ob er eine lange oder eine kurze Version seiner Geschichte vortragen sollte. Schließlich einigte er sich mit sich selbst auf einen einfachen Satz: „Ich wertschätze es als das, was es ist.“

Eve sah ihn erstaunt an.

„Tust du das?“

Malcolm nickte, beinahe nachdrücklich.

„Ja, ich denke schon. Ich mache niemandem zum Vorwurf, dass er kein Glück hat. Im Gegenteil: Ich setze das, was ich habe, zum Wohle anderer ein –“

„– aber du verausgabst dich dabei nicht“, vollendete Eve den Satz für ihn.

Irritiert sah er sie an.

„Ich vergifte mein Leben nicht mit unermüdlichem Streben nach einer Utopie, wenn du das meinst.“

„Eine Utopie? Malcolm!“, echauffierte sie sich. „Du hast ein einzigartiges Geschenk. Eine Gabe, möchte man sagen. Und du gebrauchst es nicht, um die Welt zu verändern?“

„Ich verändere sie doch. Ich lasse Leute ihre Träume träumen, ich lasse Menschen lachen. Und bitte verzeih mir, wenn ich dabei momentan nicht den Einsatz zeige, der mich auslaugt und allabendlich erschöpft in einen vierstündigen Schlaf fallen ließe, um am nächsten Morgen weiter Ritter für Gerechtigkeit und Frieden zu spielen.“

Eve sah weg, auf den See hinaus.

„So habe ich das nicht gemeint.“

Sie sprach wieder leiser.

Malcolm legte ihr eine Hand von hinten auf die Schulter. Sie griff danach.

„Was ich sagen will, Eve: Du kennst mich nicht. Du kennst meine Geschichte nicht. Vom Materiellen her betrachtet, war das Leben stets gut zu mir. Aber was die emotionale Seite anbelangt ... sagen wir mal, es gibt Leute, die es besser getroffen hat, die mehr geliebt worden sind, denen mehr Achtung entgegengebracht worden ist, die mehr Glück mit den Menschen hatten, die an ihrer Seite stehen. Besonders der letzte Punkt hat immer schwer gewogen. Aber ich habe das zur Kenntnis genommen und akzeptiert. Ich gebe zwar die Hoffnung nicht ganz auf ... aber ich fühle eine Resignation in mir hochsteigen, die es mir immer schwerer macht, mich dahingehend aufzuraffen.

Das soll jetzt nicht wie eine Anklage klingen, denn ich gräme mich deshalb nicht. Ich glaube, es ist einfach die Art und Weise, wie das Leben manchmal spielt.

Doch ich weiß nicht, woran ich glauben soll, Eve. Ich kenne Gott nicht persönlich. Aber ich kenne das Schicksal. Und wie das Schicksal so spielt, das habe ich begriffen. Und wenn das Glück, das ich in mancherlei

Hinsicht habe, als Ausgleich fordert, dass ich in der Liebe nur Nieten ziehe, dann sei es so. Betrachte mich als eine Art urbanen Asketen, der das Hungern nach Liebe aus seinem Leben zu verbannen sucht."

Schweigen.

Mehr.

Erdrückend viel.

Die langen Schatten der Wolkenkratzer hatten sich bereits im diffusen Licht der Dämmerung aufgelöst.

Schließlich sagte Eve: „Es klingt fast wie bittere Ironie. Du bist der glücklichste Mann der Welt, aber lediglich in gewisser Hinsicht."

Sie drehte sich zu Malcolm um, nahm seine Hand. Ihre Augen, deren Farbe ihm immer noch nicht greifbar schien, fixierten ihn.

„Muss es denn wirklich so sein?", fragte sie.

Malcolm zuckte die Schultern, sein Blick glitt von ihr ab und suchte die Reflexionen der Hochhäuser auf der Wasseroberfläche. Er wollte nicht seufzen.

„Es ist keine Gesetzmäßigkeit. Es sind nur Erfahrungen.“

Er wusste nicht, was er von Eve denken oder halten sollte. Verwirrung und Selbstzweifel gaben sich die Hand. Vielleicht war sie die Eine, die ihn erlösen würde. Vielleicht renkte sich alles wieder ein ... weniger Glück im Spiel, mehr Glück in der Liebe. Etwas in der Art.

Aber vielleicht redete er sich das auch bloß ein, wie so oft zuvor.

War dieses Mal wirklich etwas anders? Oder war das letzte Mal einfach bloß zu lange her? Oder spielte sein Verstand Spielchen voll Hoffnung und Demut mit ihm?

Er spürte, dass Eves Blick nicht von ihm wich.

Eine Weile.

Dann gab er nach und sah sie wieder an.

„Gehen wir noch etwas essen?“, wollte sie wissen.

Dankbar, dass sie das Thema gewechselt hatte, willigte er ein.

Garden State

Während des Essens hatte es sich um ein Haar wieder so angefühlt wie noch vor ein paar Tagen, als sie sich gemeinsam vom Druck der lauten Musik hatten tragen lassen. Um ein Haar nur. Es wurde wieder besser, aber Malcolm hatte gespürt, wie ihre ambivalenten Gespräche über Gerechtigkeit und Dasein nachklangen. Wenn er darüber nachdachte, machte es die Luft schwer wie Blei – und er dachte viel. Zu viel. Sich einfach fallen lassen zu können, war eine Kunst, die er mit längst vergangenen Beziehungen – oder solchen Zuständen, die unbedingt Beziehung hatten sein wollen – verlernt hatte. Verlernt? Oder eventuell nur am Boden der tiefsten Schreibtischschubladen seines Lebens und seiner Gefühlswelt abgelegt? Begraben unter vielen, noch zu erledigenden Dokumenten.

In Eves Gegenwart empfand er dies zusehends als eine emotionale Verkrüppelung. Doch dagegen aufzubegehren war immens schwer. Als versuche man mit purer Muskelkraft ein tonnenschweres Schiff durch ein Hafenbecken zu ziehen. Es ging tatsächlich, wenn man sich am Ufer befand. Das Wasser ließ das Schiff letztlich irgendwann über seine Oberfläche gleiten. Aber man brauchte ausdauernde Geduld und einen starken Willen dazu. Malcolm wusste nicht, wie viel ihm jeweils geblieben war.

Schließlich konnte er sich einen innerlichen Ruck geben. Er lud Eve ein. Nach New Jersey. Ein Wochenende lang. Dorthin, wo seine Herzensruhe lag.

Und Eve willigte ein.

Sein Herz schien den Rest der Woche über lauter zu schlagen.

Ein eigenartiges Gefühl, das Malcolm fremd geworden war. Als ob ein Körperteil von ihm jahrelang betäubt danieder gelegen hätte.

Am Freitagnachmittag holte er Eve schließlich vom Bahnhof in Warwick ab.

Es war einer jener Tage, wie nur der Sommer sie hervorbringen konnte. Der Himmel war bedeckt. Schweres Grau lastete auf ihm. Es war warm. Nicht unerträglich fand Malcolm, aber sicherlich auf eine Weise, die wetterfühligen Leuten Kopfschmerzen bereitet hätte.

Das Besondere an jenen Tagen, wenn der graue Himmel das majestätische Blätterwerk der Bäume als grüne Silhouette zeichnete, war der Duft. Es war, als würde Malcolms Nase die Gerüche des Sommers stärker wahrnehmen, wenn die Sonne nicht prall vom Himmel schien. Die blühenden Sträucher, die Gräser im lauen Wind, die Hölzer der tiefen Wälder in New Jersey. Die Natur wurde im sachten, langsam stärker werdenden Wind zu einem Rauschen. Zum Niederknien schön empfand Malcolm es. Ein wenig wehmütig, beinahe eine Spur zu nah an den Tränen.

Ja, Eve hatte sich ihm zur Begrüßung die Arme um die Schultern gelegt und sich von Malcolm die Trittstufe des Wagons hinunterheben lassen. Sie trug ein blasses, rotes Kleid, das passend zur Szenerie am Bahnhof flatterte wie in einem alten Film. Und der kaum merkliche Duft nach Orangenblüten, der von ihr ausging, mischte sich in die Komposition aus Düften um sie herum, während sie ihn küsste – länger als am Abend am Reservoir.

Dann waren sie zum alten Haus der Delawares, ins *Reich der tausend Winkel* gefahren. Mit einem Lächeln auf dem Gesicht.

Schon auf der Veranda war Eve stehengeblieben. Beinahe andächtig hatte es ausgesehen, als würde sie einen sakralen Raum betreten. Ein Vergleich, der möglicherweise sogar zutraf, wenn man bedachte, welche Bedeutung das Haus für Malcolm auf einer gewissen Ebene hatte.

Weiter im Flur hatte sie die Augen geschlossen und tief eingeatmet.

„Hier leben Geschichten", hatte sie mit geschlossenen Lidern festgestellt und ein Lächeln hatte ihre Mundwinkel erneut umspielt.

„Unendlich viele", hatte Malcolm bestätigt und beobachtet, wie Eve die Luft an diesem Ort förmlich aufzusaugen schien.

Dann hatte er sie umhergeführt. Die alte Küche, die Treppe hinauf, an der Galerie entlang, hatte ihr die Zimmer gezeigt, gerahmt und gestützt von uralten Balken, knarzende aber ansonsten stille Beobachter ungezählter Jahre.

„Ich widerstehe der Versuchung, mich einfach auf das Bett fallen zu lassen“, meinte Eve genießerisch, als sie das große Bett mit dem grob gearbeiteten Bettkasten sah, das unter einem schrägen Fenster im Dach stand – sodass man nachts die Sterne funkeln sehen konnte. „Ich würde träumen und heute nicht mehr aufstehen.“

Also gingen sie Hand in Hand hinunter, hinaus zur alten Garage, die mehr ein Schuppen war. Dort stand die alte blassgrüne Vespa, auf die sie sich schwangen. Sie setzten die Helme auf, die aus den Sechzigern stammten und Eve schlang die Arme um Malcolm, um sich festzuhalten.

Dann fuhren sie hinaus, durch vom Grün gesäumte Straßen. Hinaus, wohin das Leben sie treiben ließ auf dem Strom des Schicksals.

Sie verließen Warwick gen Norden, fuhren durch kleinere Orte, sahen Felder und Wiesen, während das Grau am Himmel immer satter zu werden schien.

Schließlich kamen sie zum Meer, rauschend wie eine Verheißung am Ende des Horizonts. Und zu einem Strand mit groben Sand und schroffen Felsen, gegen die die Brandung toste und Tropfen salzigen Wassers versprühte. Wer hätte sich die Möglichkeit schon nehmen lassen, mit hochgekrempelten Hosenbeinen, am Rand der auf den Strand schwappenden Wellen spazieren zu gehen? So liefen sie also Hand in Hand am Wasser entlang. Ihre Zehen gruben sich in den grauen Sand, dessen grobe Körnung schon fast auf dem Weg zu kleinen Kieselsteinen war. Er war rau, wie das Wetter und der Wind, gegen den sie laut mit ihren liebsten Songs ansangen.

She walks along the edge of where the ocean meets the land

Just like she's walking on a wire in the circus

Dann brach das in der Wolkendecke aufgestaute Wetter über sie herein. Noch bevor sie die Höhle zwischen den Felsen erspähten, waren sie bis auf die Haut durchnässt.

Durch den Eingang konnten sie hinaus auf den Strand blicken, auf das Meer, das weiterhin toste und ebenso grau geworden schien, wie der Himmel über ihnen. Zwischen ihnen und dem Meer sank der Regen in Schleiern herab und verwandelte das Flüstern der Welt in ein reißendes Rauschen.

Doch die Verliebtheit zweier Seelen vermag Flammen zu entfachen, die heiß genug sind, um ihre Körper zu wärmen. Zumindest eine Zeitlang.

Sie begannen einander mit Küssen zu bedecken.

Der Sturm war laut genug.

Viel später erreichte sie das Auge des Sturms. Das Tosen flaute ab und Sonnenstrahlen tasteten zaghaft nach der Landschaft, die glitzernd versuchte, sich der Regentropfen zu entledigen, die an ihr hafteten.

Eve und Malcolm nutzten die Gelegenheit, um zurück zu ihrer Vespa zu laufen. Mittlerweile war ihnen gehörig kalt, daran konnte auch das Farbengewitter, das die Sonnenstrahlen heraufbeschworen, nichts ändern.

Und als hinter ihnen ein tiefes Grollen ankündigte, dass der Sturm gedachte, eine weitere Runde einzulegen, rannten sie den Rest des Weges. Hand in Hand über den nassen Sand, die Felsen hinauf, dorthin, wo sie ihr Gefährt abgestellt hatten. Sie warfen den Motor an und fuhren fort, zurück in Richtung Warwick.

Hinter ihnen baute sich eine bedrohliche Wolkenwand auf, nahezu schwarz im Angesicht des zwischenzeitlichen Sonnenscheins. Doch die Sonne verschwand, während sie versuchten, dem Sturm davonzufahren. Die Wolken in ihrem Rücken streckten sich wie gewaltige Finger nach ihnen aus, um sie zu ergreifen und einen erneuten Versuch zu starten, sie in ihren Regengüssen zu ertränken.

Die ersten vereinzelten Tropfen fielen bereits, als sie in die Einfahrt des *Reiches der tausend Winkel* einbogen, die Vespa schwungvoll unter dem Carport abstellten und auf die Veranda flüchteten.

Noch während Malcolm den Schlüssel in der Haustür drehte, ging hinter ihnen die Welt unter.

Der Sturm legte eine bemerkenswerte Ausdauer an den Tag.

Auch als Eve und Malcolm nach einem heißen Bad und in weiche Bademäntel eingehüllt auf der hölzernen Eckbank der Küche saßen und heiße Schokolade tranken.

Kerzen flackerten vor ihnen auf dem Tisch und durch die großen Fenstertüren, hinter denen eine Handvoll hölzerner Stufen in den überwucherten Garten hinabführte, konnten sie aneinander angelehnt beobachten, wie sich das Wetter austobte.

„Danke“, flüsterte Eve in Malcolms Ohr.

Etwas verwundert sah er sie an.

„Wofür?“

„Für diesen Tag. Für diese Zeit.“

„Es muss ja nicht der letzte gewesen sein“, gab er zu bedenken.

„Nein“, sagte Eve. Es klang so erleichtert wie zufrieden. „Nein, das sollte nicht der letzte gewesen sein. Aber wann hat man schon das Glück, dass das Wetter tut, was gerade richtig ist.“

Sie drückte ihm einen Kuss auf die Wange.

Malcolm erwiderte nichts. Er genoss den Augenblick. Das Leben war zu kurz, um es nicht zu tun.

War es das? War dies der große Moment, auf den er insgeheim gehofft hatte? Der große Moment, in dem sich das Glück für ihn endlich auch auf die Liebe erstreckte. Oder vielleicht verteilte es sich auch gleichmäßig über alle Bereiche. Er hätte kein Problem damit gehabt, wenn sich endlich ein wenig Normalität auf der Achterbahnfahrt seines Lebens einstellen würde.

Sie saßen noch eine Zeitlang dort auf der Küchenbank.

Später bestellten sie übertrieben belegte Pizzen und sahen sich auf dem riesigen, bequem-durchgelegenen Sofa im Wohnzimmer *Frühstück bei Tiffany* an.

Doch bereits bevor das letzte Mal *Moon River* im Film gespielt wurde, streifte Eve Malcolm den Bademantel von den Schultern.

Tiefe Nacht

Es war tiefe Nacht als Eve sich vom Sofa erhob. Sie schob sachte Malcolms Arm beiseite, der auf ihrem Oberschenkel ruhte, stand auf und schlenderte leise in Richtung Küche und Hausflur. Dämmriges Licht von einigen wenigen Zimmerlampen, die sie vergessen hatten auszuschalten, drang durch das *Reich der tausend Winkel*.

Ja, das *Reich der tausend Winkel*, so nannte Malcolm diesen Ort. Und er hatte so recht damit. Wesen, Gestalten und Orte wurden magisch und magischer durch die Geschichten, die man sich über sie erzählte, oder durch die Geschichten, mit denen sie in Berührung kamen. Ihre Besonderheit bekamen sie durch ihre Vielfalt, durch ihr Alter, durch ihr Verwoben-Sein mit anderen Geschichten.

Eve atmete die Luft ein. Sie war fast schon geschwängert von Geschichten. Dieses Haus war alt und besonders. Es hatte so viel gesehen, war Zeuge von so viel Liebe und Leid gewesen. Es hatte Kinder aufwachsen und als alte Leute sterben sehen. Über viele lange Jahre hatte es still beobachtet.

Die knarrenden Stufen, das Eichenparkett, die Balken, die im Laufe der Zeit schon so viele Regengüsse abgehalten hatten, dass man Ozeane damit hätte füllen können.

Eve zog es nach oben. Geschichten zogen sie an. Es war wie ein innerer Kompass. Vorsichtig schlich sie barfuß die Stufen hinauf, über die Galerie und weiter hinauf auf den Dachboden.

Ja, dies war die wahre Schatzkammer dieses *Reiches der tausend Winkel*. Der Dachboden. Hier lagen Geschichten auf dem Boden, stapelten sich an den Wänden. So reichlich, dass man etliche Menschenleben gebraucht hätte, um sie alle zu erzählen. Dies hier war ein Ort, der Eve still werden ließ, wie Menschen es in Gegenwart der britischen Kronjuwelen, auf den Stufen der Kurie des römischen Senats oder vor der Sagrada Familia wurden. Dies hier war das Grüne Gewölbe des Garden State.

Sie schritt an all den staubbedeckten Kostbarkeiten vorüber, die sie kaum zu berühren wagte.

Ein Schränkchen, das einst englische Einwanderer gezimmert hatten. Ein Klarinette, die in vielen großen Jazzclubs gespielt worden war. Ein Schal, der einst einem Kapitän gehörte. Zeitungsausschnitte vom Beginn des zwanzigsten Jahrhunderts. Fotografien, die noch viel älter waren. Der Spazierstock eines irischen Kaufmanns. Eine Holzmaske aus den Tiefen Afrikas. So unendlich viele Dinge lagen hier oben ... ihr Wert war nicht in Worte zu fassen.

Schließlich streifte Eves Blick den Globus ... und blieb darauf haften.

Dieser Globus hatte etwas Einmaliges. Noch wusste sie nicht, woran genau es lag, aber er zog Eve und ihr Gespür für die Geschichten einfach an.

Es war ein altes Stück aus Holz. Sehr sorgsam und verhältnismäßig genau gearbeitet für eine Zeit ohne Satellitenfotografien und elektronischer Vermessungstechniken. Sie wischte mit ihrer Hand über die Oberfläche. Malcolm musste sich öfter mit ihm beschäftigen, denn die Staubschicht war ungleich dünner als auf den meisten anderen Dingen hier oben. Sanft blies sie den Reststaub hinfort, um die einstmals polierten Länder und Ozeane zum Vorschein zu bringen. Ihre Fingerkuppen spürten winzige Unebenheiten. Die Landmassen waren liebevoll aus einem dunkleren Holz gefertigt als die Weltmeere und sehr präzise in diese eingelassen. Eine beeindruckende Arbeit feinsten Handwerks. Ob Malcolm wohl wusste, welchen Wert der Globus allein von materieller Seite her in sich barg? Eve seufzte. Wahrscheinlich nicht. Geld war etwas, das für ihn keine Rolle zu spielen schien. Doch gerade das war ja das Aufregende daran. Malcolm schien die Geschichten in diesem Haus ebenfalls zu spüren. Deshalb besaß er es ja auch – und es schien ihm völlig egal zu sein, was mit dem Geld und der Welt geschehen könnte, solange wenigstens dieses Haus Bestand hatte.

Eve fühlte sich mehr als nur verlegen. Dieser Mann hatte ihr sein Herz geöffnet, mehr als irgendwem zuvor.

Auf eine Art und Weise, unnachahmlich und nur zu erkennen für denjenigen, der um die wahren Werte dieses Ortes wusste – oder sie zumindest erahnen konnte.

Ihre Finger berührten das winzige, eingearbeitete Plättchen aus dunklem Mahagoniholz, dass Island bildete. Sie spürte die feinen Umrandungen ... und hatte eine Eingebung.

Sie drückte auf das Abbild des nordeuropäischen Eilandes. Es gab nach, klackte und sank wenige Millimeter tief ein. Dann ging durch die gesamte Nordhalbkugel des Globusses ein kurzer aber scharfer Ruck, wie ihn der Deckel einer Schatulle machte, wenn er aufsprang.

Vorsichtig tastete Eve nach der Hemisphäre. Sie ließ sich tatsächlich anheben. Behutsam stellte Eve das kostbare Stück auf den Boden neben sich und blickte in das Innere der Welt.

Was sie dort sah, überraschte, erleichterte und verunsicherte sie gleichermaßen.

Ein indianischer Traumfänger lag dort auf einem kleinen Samtkissen. Ein Kultobjekt, bestehend aus einem kleinen Weidenreifen und einem darin gespannten Netz aus schwarzem Pferdehaar. Blasse, kurze Federn schmückten den Reifen außerhalb. In dem Netz klebten kleine Perlen. Sie sahen aus, als bestünden sie aus gehärtetem Harz oder etwas Ähnlichem.

Eve stockte. Vielleicht waren es tatsächlich gefangene Alpträume?

Behutsam nahm sie den Traumfänger in ihre Hände, betrachtete ihn im schwachen Schein des Mondes – ihre Augen vermochten im Dunkeln besser zu sehen als Malcolms oder die eines anderen Menschen. Aber schließlich war sie auch ein Stern.

Ein Stern im Auftrag, woran sie unmittelbar erinnert wurde.

Durch die Ritzen und Spalten im Gebälk flossen Schimmer herein, bildeten sich im Raum zu kleinen Kometen, die sie umschwirrten.

„Nein“, schreckte Eve auf, hob die freie Hand abwehrend. Doch die kleinen Kometen handelten selbst in einem Auftrag. Und jedes Abwehren und Aufbegehren wäre sinnlos gewesen.

Der Dachboden verschwamm vor Eves Augen, verwischte, als ob sie in einen starken Strudel geriet. Nur den Hauch einer Sekunde lang, ein Wimpernschlag mit der Zeit. Dann spürte sie festen Grund unter ihren nackten Füßen: kühles, feuchtes Gras.

Sie wusste, was geschehen war, und sie wollte es nicht wahrhaben. Ein Blick an sich herunter genügte. Bis auf ihre Schuhe war alle Kleidung, die sie getragen hatte, wieder an ihrem Körper.

Der arme Malcolm.

Sie verfluchte sich innerlich, Gefühle zugelassen zu haben. Doch nun war es zu spät. Geschäft war Geschäft, Auftrag war Auftrag.

Also blieb ihr nichts anderes übrig, als voranzuschreiten.

Über ihr schien die endlos schwarze Nacht, durchbrochen vom Sternenfunkeln. Vor ihr ragte der Hain der Laternen empor, flackernd im eigenen Lichtschein. Erneut hatte sich die Realität verschoben. Blitzartig jedoch – und Eve wunderte sich, warum sie diesmal nicht durch die Eichentür hierher getreten war.

Die wispernden Nebel zogen an ihr, an ihren goldenen Locken, bewegten sie in Richtung des Hains. Eve gab nach und setzte mutig einen Fuß vor den anderen.

Erneut betrat sie den Hain. Die Unendlichkeit der Laternen und Lichter machte sie demütig. Vielleicht sogar demütiger als ein Stern hätte sein sollen.

Der Herr der Laternen saß auf einer Wurzel, die so dick war, wie es in manchen Wäldern der Erde ganze Bäume waren. Rechts neben ihm auf Höhe seines Kopfes schwebte eine kleine, rötliche Papierlaterne, wie Kinder sie zum Sankt-Martins-Tag basteln. Das Lichtlein in ihr brannte heller als es eine einfache Kerze getan hätte.

„Willkommen zurück“, begrüßte er sie im Plauderton.

Eve wollte schnauben, aber sie verbat es sich. Stattdessen grüßte sie die Erscheinung vor ihr mit einem knappen Nicken.

„Du hast gefunden, was ich wollte?“, fragte der Herr der Laternen unbeirrt.

Wieder nickte Eve. Und ergänzte: „Ich wusste nicht, dass kleine Kometen hier für Dienstbotengänge missbraucht werden.“

Der Herr der Laternen verzog den Mund.

„*Missbraucht* ist so ein hartes Wort“, entgegnete er. „Aber wie alle Sterne haben auch die kleinen, fröhlichen Kometen ab und an den Weisungen von oben nachzukommen.“

„Hm“, machte Eve. „Also gut, hier bin ich.“

„Das sehe ich.“

„Und ich habe den Talisman, um den du mich gebeten hattest.“

Der Herr der Laternen deutete nun seinerseits durch ein Nicken an, dass er ihrer Ausführung folgte. Als Eve jedoch keine Anstalten machte, Weiteres von sich zu geben, streckte er die Hand aus.

„Gib ihn mir", sagte er. Nein, er befahl es.

Nahezu willenlos hielt Eve ihm den Traumfänger hin, der sich schließlich ihren Fingern enthob und in die Hand des Herrn der Laternen schwebte.

Er nahm ihn zwischen zwei Finger und begutachtete ihn sorgfältig.

„Weißt du, was das ist?", fragte er schließlich, ohne Eve dabei anzusehen.

„Das, worum du gebeten hast, denke ich", antwortete Eve trocken. „Der Grund dafür, dass Malcolm Delaware gewichtiges Glück in allem hat, was auf materiellen Gütern beruht."

„Richtig", bestätigte der Herr der Laternen. „Dieser Talisman ist so etwas wie ein Gewicht, das eine Unwucht erzeugt. Das Glück, das Malcolm Delaware hatte, solange er sich in seinem Besitz befand, fehlte an anderen Stellen auf der Welt."

Dies reichte offenbar völlig als Erklärung. Der Traumfänger in seiner Hand ging ohne vorheriges Anzeichen mit einem kurzen Fauchen lichterloh in Flammen auf. Er brannte einige Sekunden hell, dann fielen die übriggebliebenen Ascheflocken ins feuchte Gras.

Die schwebende rote Laterne büßte augenblicklich etwas von ihrer Leuchtkraft ein. Der Herr der Laternen betrachtete sie interessiert.

„So, nun leuchtet sie ebenso hell, wie die anderen", stellte er sichtlich zufrieden fest.

Er machte eine flüchtige Handbewegung und die Laterne schwebte von dannen, irgendwo in das unendliche Geäst der enormen Bäume.

„Du kannst gehen", meinte der Herr der Laternen und sprach die magischen Worte: „Du bist aus deinen Pflichten entlassen."

Eves Blick blieb einen Moment auf ihm haften, während er sich schon längst anderen Interessen zugewandt hatte. Dann drehte sie um und verließ den Hain. Sie wusste, früher oder später würde sie auf eine schwere Eichentür treffen.

Aus deinen Pflichten entlassen, hallte es in ihren Ohren nach. Sie wusste, was diese Worte bedeuteten. Sie hatte dem Herrn der Laternen einen offenbar derartig großen Dienst erwiesen, dass dieser sie nun nie wieder dafür in Anspruch nehmen würde. Sie war also gewissermaßen ein freier Stern.

Aber was tun mit dieser neu gewonnenen Freiheit?

Erwachen

Lange hatte Eve überlegt, was zu tun sei. Sie hatte ihr Herz an einen Menschen verloren, soviel war ihr klar.

So unerbittlich klar.

Was stellte ein Stern mit derartigen Gefühlen an? Konnte man überhaupt verantwortlich mit Gefühlen umgehen, oder waren sie bloß wie ein Sturm auf hoher See, dem man entweder mit Glück entkam oder darin ertrank?

Sie wusste es nicht, saß auf ihren nächtlichen Wolken und überlegte – wissend, dass sie Malcolm betrogen hatte, aber auch sich selbst – und zwar um ihn.

Leise Tränen fielen auf die Welt, die so friedlich unter ihr dahinzugleiten schien.

Tags darauf kehrte sie zum *Reich der tausend Winkel* zurück. Doch niemand war mehr dort. Gesenkten Hauptes verließ sie es wieder. Sie suchte und suchte, begab sich zum Loft und überall dorthin, wo Malcolm sich ihres Wissens nach ab und an aufgehalten hatte. Sie probierte es an jeder Adresse, von der Malcolm einmal erwähnt hatte, dort Geld zu verdienen.

Nichts.

Malcolm war nie dort, nie aufgetaucht oder bereits wieder fort.

Eine Woche verging.

Zwei.

Jeden Tag kehrte der junge Stern zumindest zum *Reich der tausend Winkel* zurück. Jeden Tag, um eine Stunde allein auf der Veranda zu sitzen und die eigene Aussichtslosigkeit zu beweinen.

Weitere Wochen vergingen und Eve wartete darauf, dass der Schmerz in ihrer Brust endlich nachließ. Doch so grausam sind die Gefühle der Menschen nun einmal. Natürlich heilt die Zeit vieles – aber sie lässt nichts mehr ganz werden. Erst nach Jahren bildet sich ein Narbengewebe auf der Seele, genau dort, wo einmal ein Wunder gesessen und sie beglückt hatten.

Sie hatte mittlerweile aufgehört, die Tage zu zählen – waren es bereits hundert oder schon mehr? Es war ihr egal geworden.

Wie einem alten Ritual gleich fand sie sich am Nachmittag in der Einfahrt des *Reiches der tausend Winkel* ein. Es war wieder ein regengrauer Tag, ohne dass es bisher hatte regnen wollen.

Doch diesmal saß er dort. Auf den Stufen der Veranda.

Malcolm Delaware.

Eves Herz machte einen Satz, sie wollte losstürmen und ... dann sah sie ...

Ringe hatten sich unter seinen Augen gebildet, seine Rasur wirkte lieblos und wies Lücken auf, das Hemd steckte nicht in der Hose. Ein Sixpack Heineken stand vor ihm auf der Stufe, aber er hatte es bisher nicht angerührt. Die Müdigkeit, die er ausstrahlte, war erschreckend.

Schließlich bemerkte er sie, als er den Blick hob.

„Eve?“, wunderte er sich.

Sie merkte, wie ein Lächeln auf ihrem Gesicht mit den Tränen kämpfte.

„Wieso bist du hergekommen?“, frage Malcolm sie leise, unendlich resigniert klang seine Stimme. „Ist es nicht genug gewesen?“

Sternenträinen kullerten ihre Wangen hinab. Make-Up gab es keines, das sie hätte verschmieren können.

„Ich komme wegen dir“, hauchte sie, nicht wissend, ob hoffnungsvoll oder hoffnungslos. „Was geschehen ist ...“

Sie brach ab.

„Was ist denn geschehen?“, fragte Malcolm. Es klang müde.

„Ich habe dich bestohlen“, sagte sie.

„Es fehlt nichts.“

„Doch“, sagte sie, wurde lauter. „Doch, doch.“

„So?“

„Es fehlt ein Talisman. Ein Traumfänger aus dem Globus auf dem Dachboden.“

Sie stolperte auf den letzten Metern des Kieswegs zur Veranda, fing aber sich wieder.

Der Garden State verschwamm in ihren Tränen.

Verflucht! Was sollte sie ihm erzählen? Was um alles in der Welt würde er ihr glauben?

„Ich bin ein Stern“, sagte sie schließlich.

Malcolm nickte nur. Verdammt! Er nickte. Nicht mehr, nicht weniger. Sie hätte schreien können.

„Ich war im Auftrag des Herrn der Laternen hier. Ich sollte dir den Talisman abnehmen, der dir all das finanzielle Glück beschert hat, weil es unfair war. Unfair allen gegenüber, die es nicht hatten.

Doch das war nicht richtig. Du hattest dafür in anderen Bereichen kein Glück. Ich weiß nicht, was er sich dabei gedacht hat.“

Sie holte Luft.

„Und dann ... ach, das ist so beschissen. Ja, ich habe angefangen dich zu mögen. Mehr als nur das ...“

„... und es hätte etwas werden können mit uns“, beendete Malcolm ihre Schilderung schließlich.

Sie stockte.

„Du glaubst mir?“, fragte sie völlig verdutzt.

Malcolm starrte auf die unangebrochenen Bierdosen zu seinen Füßen und nickte.

„Ja, ich glaube dir. Ich wusste gleich, dass etwas an dir anders sein musste, aber ich wusste nicht was.

Schließlich kamen eines Nachts kleine Kometen zu mir. Fröhliche Geschöpfe. Natürlich hab ich mich unglaublich erschrocken und einen ganz kurzen Moment ernsthaft an meinem Verstand gezweifelt. Aber sie gingen einfach nicht fort. Da war kein Traum, aus dem ich hätte aufwachen können.

Ich tat den Kometen anscheinend leid und so haben sie mir erzählt, wie es war. Vom Herrn der Laternen – wer auch immer er sein mag –, von den Sternen und dem Traumfänger als Talisman. Davon, dass in den Augen irgendwelcher Mächte, die ich nicht verstehe, alles so verdammt unfair ist, solange ich diesen Traumfänger habe.

Am nächsten Tag dachte ich zwar immer noch, ich würde spinnen, doch die kleinen Kometen kamen wieder. Sie erklärten mir, der Herr der Laternen habe den Talisman vernichtet und mein Licht so auf eine halbwegs normale Helligkeit gedimmt – oder so ähnlich.

Tja, und dann ging es bergab. Ich bin ruiniert, am Ende. Das Einzige, was ich noch habe, ist dieses Haus."

Vorsichtig versuchte Eve, seinen Blick aufzufangen. Was er sagte, konnte nicht sein Ernst sein. Hing er doch so sehr am Geld?

„Also war dir dein Geld doch so wichtig?", fragte sie schlussfolgernd. „Dann ... ist es vielleicht sogar richtig so ..."

Sein Blick wurde hart. Er sah aus, als wolle er vor ihr ausspucken.

„Danke, Eve. Vielen Dank für diese Belehrung, dass es dann vielleicht doch richtig war. Was zum Geier glaubst du denn, macht jemand wie ich, der viel Geld aber keine wahren Freunde hat? Mich viel zu teuer betrinken? Um Gottes willen!

Hast du mal darüber nachgedacht, ob ich mein Geld vielleicht *gerne* für andere Leute ausgegeben haben könnte? Nicht nur die Künstler, die ich unterstützt habe. Ich habe Unterricht an Schulen bezahlt, Entwicklungshilfe geleistet, Hunderttausende von Dollars in die Krebsforschung gesteckt. Ich habe technische Projekte für die Ärmsten der Armen am anderen Ende der Welt bezahlt, Medikamente dorthin verschiffen lassen. Ich habe Kindern armer Eltern wichtige Operationen bezahlt und ihnen später am Krankenbett vorgelesen. Und weißt du für was? Für Profit? Ach, fick dich! Fick dich und deinen verfluchten Herrn der Laternen! Ich habe das alles getan, weil ich das Leuchten in den Augen anderer Menschen liebe. Es berührt mich, es berührt meine Seele. Das tun nicht viele Dinge.

Wenn es diesem Herrn der Laternen und seinen Scheiß-Kometen also unfair erschien, dass ich Geld hatte und andere nicht, dann hab ich mein Möglichstes getan, um das nicht ins Gewicht fallen zu lassen. Wenn ich keinen verdammten Talisman und kein verdammtes Geld gehabt hätte, wären Kinder und andere Leute elendig verreckt; hätten noch weniger Chancen gehabt, als sie ohnehin haben.

Ich fühle mich nicht selbstgerecht, und das bin ich auch nicht! Ich habe es nur einfach gerne getan.

Und jetzt kommen irgendwelche geheimnisvollen höheren Mächte daher und machen das zunichte? Was ist denn dieser Herr der Laternen? Ist er ein Gott? Sollte Gott nicht etwas weitsichtiger sein?

Und wenn dieser Gott schon will, dass ich privat an lauter herzlose Leute gerate, von denen es keiner wirklich gut mit mir meint, hätte er mir dann nicht wenigstens das Geld lassen können?

Und wenn schon nicht genug, um armen Kindern Schulunterricht zu bezahlen, dann wenigstens genug, damit ich wirklich meinen eigenen Interessen nachgehen kann?

Alles, was ich besessen habe, ist weg. Ich kann keine Musik mehr hören und keine Filme mehr sehen.

Aktienkurse crashen, Mitarbeiter verwandeln sich in habgierige Betrüger und Versicherungen in alles verschlingende Monster. Schuldenberge türmen sich aus dem Nichts auf und alles, was mir nach dem Abbezahlen bleibt, ist dieses Haus, das den einzigen Menschen auf der Welt gehört hat, denen ich mehr bedeutet habe als irgendeine Form von persönlichem Profit: Meinen Großeltern.

Und wenn es sein muss, werde ich es bis an die Zähne bewaffnet verteidigen bis zum letzten Tropfen Blut. Denn wenn diesem launischen Gott auch noch einfallen sollte, mir dieses Haus und meine Erinnerungen zu nehmen, dann gibt es auf diesem Planeten nichts mehr für mich."

Eve schluckte. Während Malcolms Tirade war sie ebenfalls auf die Stufen der Veranda gesunken. Blass im Gesicht. Selbst das Gold ihrer Haare hatte an Leuchtkraft eingebüßt.

Malcolm hingegen war auf die Füße gesprungen.

„Weißt du, was die größte Ironie an der ganzen Sache ist?“

Eve blieb stumm.

„Dass ich nicht einmal im Tod weglaufen könnte“, fuhr er aufgebracht fort. „Wenn es da draußen einen Gott gibt, der nicht mal genug Weitsicht hat, um die eigene Hand vor Augen zu sehen ... was soll mich dann erwarten? Darf ich dann die berühmte Hieronymus-Bosch-Hölle durchleben, weil ich so ein schlechter, reicher Mensch gewesen bin? Das ist sadistisch. Und wenn dieser Gott das nicht weiß, sollte es ihm jemand sagen.

Wozu beten denn die Leute, wenn sie nicht nur im Leben, sondern auch danach gehörig verarscht werden?“

Wütend trat er gegen die Bierdosen. Eine von ihnen zerplatzte und spritzte schäumendes Bier über die gesamte Veranda.

Dann ging er in die Hocke und atmete tief durch.

„Es tut mir leid“, sagte er schließlich, doch immer noch sichtlich aufgewühlt. „Ich habe kein Glück mit den Frauen. Und jetzt hab ich’s nicht einmal mehr abseits davon.“

„Aber …“, wollte Eve ansetzen.

„Und jetzt bitte ich dich zu gehen! Bitte!“

Sein Blick ruhte auf ihr. Unbarmherzig. Verletzt. Bis ins Mark verletzt.

Sie hatte diese Dinge nicht gewusst, die er erzählt hatte. Stattdessen war sie zu schnell, zu sehr von Vorurteilen behaftet gewesen. Weisungen folgend, ohne die richtigen Fragen zu stellen.

Konnte es sein, was er über den Herrn der Laternen sagte? Dass dieser kurzsichtig gehandelt hatte?

Chaos entstand in ihren Gedanken und sie wusste nicht, wie es zu sortieren gewesen wäre.

Mit einer Entschuldigung zumindest waren die Schmerzen nicht zu beseitigen. Weder auf ihrer Seite, noch auf Malcolms.

Sie stand auf und ging ... schnell, bevor sie in heilloses Schluchzen ausbrach.

Türen und andere Durchgänge

So endeten also Geschichten? Endeten sie in dermaßen traurigem Elend, dass man hätte sterben wollen an diesem Punkt? Wo waren all die Happy Ends?

Eve verblasste innerlich beinahe vor sich selbst. Natürlich. Das gehörte zu Geschichten dazu. Sie liebte Geschichten – und Geschichten waren nun einmal so. Fröhlich, unbeschwert, glücklich – aber manchmal auch unfair und tragisch.

Doch alles Selbstverfluchen nützte ihr letztendlich doch nichts.

Sie machte einen Schritt vorwärts von dort, wo sie stand und hob die Arme. Der Boden unter ihr verwandelte sich in eine Wolke, durch die sie hindurch glitt. Vor ihr erschien wieder eine große Eichentür mit schweren Klinken.

Sie zog und rüttelte daran.

Vergebens.

Sie zog und rüttelte erneut.

Weiterhin vergebens.

Der Garten blieb ihr verschlossen.

Sie wählte einen anderen Weg. Durch die Nacht, über einen langen Sternenschweif hinauf zu jenem einsamen, kleinen Mond, auf dem eine weitere Tür stand.

Auch hier versuchte sie es vergeblich. Zog, drückte, riss.

Mit einem Schrei entlud sich ihre verzweifelte Wut, ein Schwall von Funken aus Sternenstaub stob gegen die schwere Tür, ballte sich, explodierte in Zorn.

Die Druckwelle warf Eve zurück auf den kahlen Boden des kleinen Mondes. Etwas Warmes lief seitlich an ihrer Stirn hinab. Sie tastete danach, blickte ihre benetzten Finger an.

Sternenblut von silberner Farbe.

Dann sah sie hinauf zur Tür. Bis auf einen rußigen Fleck war sie vollkommen unversehrt.

Heulend schlug sie mit der flachen Hand auf die Mondoberfläche und blieb schließlich schluchzend dort liegen.

Sie wusste nicht mehr weiter.

Es war ihr unmöglich, den Herrn der Laternen aufzusuchen, wenn er es nicht selbst so wollte.

Gab es denn wirklich keine Möglichkeit?

Das kalte, alles zerfressende, bebende Gefühl der Verzweiflung machte sich in ihr breit. Es betäubte sie wie ein Schatten eine blühende Welt.

Dass sie in den kommenden Momenten ein dezentes, beinahe schüchternes Glitzern und Leuchten überkam, nahm sie kaum noch wahr.

Malcolm Delaware hingegen hatte einen gehörigen Kater.

Teils vom Bier, teils von den Planken der Veranda, auf denen er unter Anstürmen von Selbstmitleid eingeschlafen war, teils von den zehrenden letzten Wochen, in denen das Meiste, das er in seinem Leben als sicher und gesetzt betrachtet hatte, zu Staub zerfallen war.

Als er sich hochstemmte, war es tiefe Nacht. Er wankte die Holzstufen hinab, erleichterte sich irgendwo im Vorgarten, schloss das Haus auf und fiel der Länge nach auf das Sofa im Wohnzimmer. Es roch nach Eve, oder zumindest nach den Erinnerungen an sie.

Er drehte sich auf den Rücken, um seine Nase nicht noch weiter hineinzupressen. Der Duft jedoch verflog nicht und so starrte er zur Decke und überlegte, was er alles falsch gemacht hatte.

Er hatte einer Frau sein Herz geschenkt, nach viel zu langer Zeit einmal wieder – und er war erneut schmerzlich damit hingefallen.

Die Decke mit dem schweren Balken über ihm drehte sich. Die Augen zusammenkneifend schüttelte er den Kopf, er versuchte, den Schwindel loszuwerden.

Ein Glitzern, wie ein zaghaftes Leuchten, erfüllte auf einmal sein Sichtfeld. Er überlegte noch, ob es vielleicht an der verbrauchten Luft im Raum lag, da spürte er bereits die Wolken um ihn herum. Feucht und kühl waren sie, hatten weniger mit Watte oder Schäfchenwolle gemein, als man es sich als Kind so oft ausgemalt hatte. Doch da hatte sich das Sofa unter ihm schon in sanftes Gras verwandelt, das seine Ohren umspielte.

Erschrocken fuhr er hoch, blickte um sich.

Das Wohnzimmer im *Reich der tausend Winkel* um ihn herum war einem Garten gewichen, groß wie ein Kontinent, so schien es. Ein Sternenzelt von nie dagewesener Erhabenheit überspannte den Himmel. Die Luft hielt dünne Nebelschleier bereit, die leise einzelne Worte und ganze Zeilen flüsterten. Malcolm verstand sie nicht.

„Hier bist du nun. Jetzt mach deinen Weg!“, säuselten die drei kleinen Kometen, die ihn umschwirrten, mit hohen Stimmchen. Ihr Leuchten wich zurück, bis es nur noch sie selbst umgab. Ja, sie waren fröhliche Geschöpfe, unendlich alt und so voller Weisheit.

Malcolm stemmte sich auf die Knie. Das Gras war geschmeidig und kühl, wie an einem Spätsommerabend.

Er entdeckte, dass er barfuß war – zwar wusste er nicht warum, wunderte sich aber dennoch nicht.

Vielleicht sollte man das Gras dieses Ortes an seinen Zehen spüren.

In einiger Entfernung lag ein hell erleuchteter Hain aus wenigen, dafür aber gigantischen, ineinander verschlungenen Bäumen.

Ein Blick um sich verriet Malcolm, dass der Hain das einzig mögliche Ziel in Sichtweite war, auf das er hätte zugehen können. Also ging er los.

Nach einer Weile merkte er, dass er sich wohl mit der Entfernung verschätzt haben musste. Zwar kam der Hain langsam näher, doch entpuppte er sich als noch viel gewaltiger, als es anfangs den Anschein gehabt hatte. Gigantisch war mitunter gar kein Ausdruck für diese Bäume, die dort ein Gewirr aus Wurzeln, Ästen und silbrigen Blättern bildeten.

Vor allem aber beeindruckte ihn ein Gewirr von Laternen in allen Formen und Farben, die den Hain hell erstrahlen ließen.

Malcolm duckte sich unter den ersten Ästen durch, behutsam darauf bedacht, auch nicht an die kleinste Laterne zu stoßen.

Immer weiter und immer tiefer drang er in das Innere des Laternenmonumentes vor. Es kam Malcolm wie seine längste Reise vor. Und gewissermaßen war es das auch.

Dann erblickte er jemanden.

Ein alter Mann mit einem Maßanzug, ebenfalls barfuß, der einige Laternen vor sich her schweben ließ.

Malcolm konnte sich nur zu gut vorstellen, wer der Mann war.

„Hey“, rief er. Es klang herausfordernder als es gemeint war.

Der Mann im Anzug fuhr herum, als ob ihn etwas gestochen hätte.

Sich kurz orientierend, fasste er schließlich Malcolm scharf ins Auge. Sein Blick hatte etwas Unerbittliches.

„Was? Was machst du hier?!“, schrie er ihn an. Hätte sich seine Stimme vor Überraschung nicht überschlagen, wäre sie bestimmt wohlklingend tief gewesen.

„Ich bin wohl einfach hier“, antwortete Malcolm, der weder genau wusste, wie er hierher gekommen war, noch wie er etwas daran hätte ändern können.

„Raus!“, brüllte der Herr der Laternen. „Raus aus meinem Garten!“

„Ich ... ich weiß nicht wie …“, gab Malcolm zu.

Die drei kleinen Kometen schossen hinter ihm durch das Geäst und begannen, Malcolm langsam zu umkreisen.

Die Körperhaltung des Alten entspannte sich etwas – nein, sie wirkte bloß so. In Wahrheit wurde sie lauernd.

„Du hast also die Kometen auf deiner Seite“, resümierte der Herr der Laternen.

„Ich habe niemanden auf meiner Seite“, schüttelte Malcolm den Kopf. „Ich weiß ja noch nicht einmal, wie ich hergekommen bin.“

Der Alte legte den Kopf schief.

„Nicht?“, fragte er verdutzt.

Bevor Malcolm etwas sagen konnte, wurde rechts von ihnen ein Ast behutsam zur Seite geschoben und eine weitere Person trat auf die Lichtung im Zentrum des Laternenhains.

Eve.

„Was?“, stammelte der Herr der Laternen. „Was um alles in der Welt tut ihr beide hier?“

„Das weiß ich auch nicht“, gab Eve zu.

Sie wirkte sehr viel souveräner, als er selbst sich vorkam, musste Malcolm feststellen.

„Vielleicht ist es aber eine gute Gelegenheit, dich zur Rede zu stellen“, fuhr sie fort. „Ich habe da nämlich ein wenig Klärungsbedarf.“

„So?“, fauchte der Herr der Laternen.

„In der Tat“, bekräftigte Eve ihre Aussage und schritt unbeirrt auf den Herrn der Laternen zu. „Ich wüsste zum Beispiel gerne, warum ich jemanden etwas wegnehmen sollte, der nichts Verwerfliches damit angestellt hat."

„Es geht dir also nur um den Talisman?", konterte der Herr der Laternen. „Ich dachte, es ginge dir um den Menschen, in den du dich verguckt hast."

Es klang abfällig, wie er es sagte. Als spucke er die Worte einfach so vor Eves Füße.

„Aber wenn es wirklich nur der Talisman sein sollte: Sei unbesorgt, das hatte alles seine Richtigkeit. Es diente dazu, Kräfte wieder gleichmäßig zu verteilen."

„SO, TAT ES DAS?", erhob sich eine Stimme laut und durchdringend wie ein Gewitter, von tiefer Klangfarbe wie ein Donnergrollen und von unendlicher Güte, wie ein weiser Vater sie besaß.

Malcolm, Eve und der Herr der Laternen sahen sich gleichermaßen überrascht um, die Kometen hörten augenblicklich auf, Malcolm zu umkreisen. Keiner wusste, woher diese neue Stimme kam.

Dann glitten einige der dicksten Äste der Laternenbäume zur Seite – wie von selbst.

Hindurch trat ein weiterer Mann. Aufrecht, mit breiter Brust auf sie zuschreitend und trotzdem anscheinend alt wie die Äonen selbst. Auch er war barfuß, jedoch trug er ein wallendes weißes Gewand, das sogar die Milliarden Laternen überstrahlte. Ein ebenso weißer wie auch ausladender Vollbart legte sich darüber und rahmte ein paar großer, gütiger Augen ein.

„Bist du etwa ...?“, stammelte Malcolm.

Der Neuankömmling lächelte milde.

„Zumindest so in der Art“, meinte er. Es klang ruhig und war dennoch allesbeherrschend. „Und bevor du fragst, Malcolm: Ich sehe nur so aus, weil es sich die meisten Menschen so vorstellen. Ich dachte, damit erschrecke ich niemanden.“

„Aber warum …“

Der Mann mit dem weißen Gewand unterbrach ihn, indem er die Hand hob. Wieder lächelte er das väterlichste Lächeln, das Malcolm in seinem ganzen Leben gesehen hatte.

„Diese Frage werde ich niemals einem Menschen beantworten."

Dann fiel sein Blick vom verdutzten Malcolm ab und richtete sich auf den Herrn der Laternen.

„Du denkst leider oft nicht weit genug", tadelte er ihn. Es klang eher traurig als schimpfend. „Du wolltest immer alles besser und gerechter machen, aber du verlierst dabei stets das große Ganze aus den Augen."

Er senkte den Blick zum ersten Mal.

„Das ist auch der Grund, warum wir dich dazu bestellt haben, die Lichter zu bringen und zu behüten. Wir hatten gehofft, damit wärest du gut beschäftigt."

Der Herr der Laternen senkte sein Haupt. Demütig stand er dort und Tränen schossen ihm in die Augen. Mit erstickter Stimme gab er von sich: „Träume vergehen nie."

„Nein, das tun sie nicht“, meinte der neu hinzugekommene Mann. „Meine tun es auch nicht ... und ich habe sehr damit zu ringen.“

Dann wandte er sich an Malcolm und Eve.

„Ich kann leider nicht ungeschehen machen, was ihr durchgemacht habt ... ich kann nur eine einzige Sache tun ...“

Dann war er fort und mit ihm auch der Garten und die Laternen.

Als die Wolken sich lichteten, standen Malcolm und Eve auf der Veranda des *Reiches der tausend Winkel*.

Eve rieb sich die Augen – seltsam, das hatte Malcolm noch nie bei ihr gesehen.

Dann riss sie sie plötzlich weit auf. Sie stürmte die Holzstufen hinunter in den Vorgarten, hin zu den vollkommen überwuchernden Brombeersträuchern und umfasste einen der dickeren Äste.

„Was machst du denn da?“, rief Malcolm entsetzt und lief ihr nach. Geschwind riss er sie von den

Sträuchern weg und sie landeten beide auf dem ungemähten Rasen.

Er hielt sich ihre verletzte Hand vor das Gesicht, um sie in Augenschein zu nehmen. Drei kleine Stiche konnte er erkennen.

Einige Tropfen tiefroten Blutes bildeten sich.

Irritiert sah er in Eves Augen. Sie lachte von ganzem Herzen. Sie strahlte über das ganze Gesicht.

„Rot", sagte sie, nachdem sie sich wieder eingekriegt hatte.

Malcolm begriff. Langsam ... aber er begriff.

Ein Regentropfen landete auf der kleinen Wunde und wischte den Blutstropfen davon. Ein weiterer Tropfen landete auf Malcolms Nasenspitze. Und noch einer auf Eves Haar.

Dann kam ein Wolkenbruch hernieder.

Regen über Regen, bevor sie überhaupt beide begriffen, was alles mit ihnen geschehen war.

Malcolm legte seine Stirn an Eves und atmete jede Sekunde ein, als wäre sie das Wertvollste auf der Welt.

Die Songzitate stammen u.a. aus dem Album
„Neighborhoods“ von Blink 182:
- "Keleidoscope" (S. 49 [1])
- "After Midnight" (S. 50)
- "Up all Night" (S. 51)
- "Love is Dangerous" (S. 52)

und
von Death Cab for Cutie aus dem Album
"Narrow Stairs"
- "Grapevine Fires" (S. 61)

und
von Counting Crows aus dem Album
"August and Everything After"
- "Round Here" (S. 68 und S. 100)

Dieses Buch ist der Auftakt einer 10teiligen Novellen-Reihe.

Jede Novelle wird von einem anderen Autor geschrieben.

Jeder Autor hat ein anderes Thema, das er sich selbst aussuchen durfte.

Seien Sie also gespannt, was da noch kommen möge.

Mehr erfahren Sie unter:
www.Ulrichburgerverlag.de